거제도 천 년의 꿈을 품다

거제도 천 년의 꿈을 품다

초판발행일 | 2016년 12월 31일

지은이 | 거제스토리텔링작가협회(회장 서한숙)
펴낸곳 | 도서출판 황금알
펴낸이 | 金永馥

주간 | 김영탁
편집실장 | 조경숙
인쇄제작 | 칼라박스
주소 | 03088 서울시 종로구 이화장2길 29-3, 104호(동숭동, 청기와빌라2차)
물류센타(직송 · 반품) | 100-272 서울시 중구 필동2가 124-6 1F
전화 | 02) 2275-9171
팩스 | 02) 2275-9172
이메일 | tibet21@hanmail.net
홈페이지 | http://goldegg21.com
출판등록 | 2003년 03월 26일 (제300-2003-230호)

값은 뒤표지에 있습니다.

ISBN 979-11-86547-54-0-03810

*이 책은 경상남도, 거제시에서 발간비의 일부를 지원받았습니다.
*이 도서의 국립중앙도서관 출판예정도서목록(CIP)은 서지정보유통지원시스템
  홈페이지(http://seoji.nl.go.kr)와 국가자료공동목록시스템(http://www.nl.
  go.kr/kolisnet)에서 이용하실 수 있습니다.(CIP제어번호: CIP2017000732)

천혜의 자연환경과 꿈꾸는 섬!
거제도 작가 20인이 풀어내는 '거제도 스토리텔링'

거제도

천 년의 꿈을 품다

거제스토리텔링작가협회 지음

황금알

서 문

　무엇을 쓸 것인가는 작가들의 오랜 화두이다. 더욱이 거제스토리 텔링 작가들의 화두는 거제스토리에 집약될 수밖에 없다. 거제스토리 즉 거제 이야기는 어제오늘의 이야기만 있는 것이 아니므로 하나의 이야기로만 머물지 않는다. 이른바 천 년을 거슬러 올라가도 생경한 채 그대로 살아있는 것이 거제 이야기의 특징이라 할 수 있다. 거제도의 역사가 사람과 더불어 생겨나고 그것은 또한 자연이 남긴 세월의 흔적을 좇아 끊임없이 유추할 수 있는 까닭이다.

　이처럼 작가들이 거제도 섬길 따라 이야기를 리드미컬하게 풀어낼 수 있는 것도 거제도가 품은 천 년의 향기 때문이다. 익히 알고 있는 사실임에도 작가들의 펜대는 제각기 다른 시각으로 풀어내 재미를 더한다. '거제도'하면 단연코 떠오르는 해금강의 면면을 4집에서는 보다 적극적으로 살풀이하고 있다. '바다의 금강산'임을 자랑하듯 해금강 서불과차(徐市過此) 전설이 전설일 수만은 없다는 사실에서다. 해금강의 비경을 이모저모 들추는 가운데 구전(口傳)과 문자(文字)가 합일점을 이루는 절묘한 현실도 목격한다. 서불과차 마애각에 대한 탁본 기록이 그것이다. 작가들의 시선이 쏠릴 수밖에 없는 이유이다.

　해금강 이야기만 있는 것이 아니다. 거제도에는 둔덕기성 즉 산성으로 간 바다 몽돌 이야기도 있다. 그것도 둔덕기성 성내 북쪽 정상부에서 수천 개가 발견된 사실을 작가는 눈여겨보고 있다. 이제 시작에 불과한 이야기의 끈을 독자들이 놓칠 수 없는 이유이기도

하다. 또한 둔덕기성과 마주하고 있는 산방산 이야기, 대광중학교 거제분교, 고택 이야기도 풀어놓았는데, 한 편의 명화를 감상하듯 맛깔스럽다. 여기에다 동랑 이야기도 톡톡히 한몫한다.

그런가 하면, 소설『거제도』의 작가도 합류해 고향 이야기, 즉 파랑개마을과 덕포 이야기를 들려준다. 또 달이 뜨는 산달섬, 하청 가는 길, 윤돌섬의 전설, 내도 이야기 등도 작가 특유의 시각으로 흥미롭게 풀어낸다. 여기에다 소와 목동의 화가 양달석, 김치 파이브 이경필 거제가축병원 원장, 거제공곶이 강명식 대표 이야기도 전설처럼 들려온다.

그렇듯이 거제도는 실화같은 전설, 전설같은 실화가 공존하는 가운데 천 년의 꿈을 품고 다시 또 비상하고 있다. 천혜의 자연환경과 더불어 피어난 이야기꽃이 천 년의 역사와 문화의 숨결로 되살아나는 까닭이다.『거제도 천 년의 꿈을 품다』는 이러한 이야기에 작가의 상상력이 덧입혀진 거제지역 특유의 스토리텔링북이다. 향후 관광 휴양도시 거제시로 거듭나는 데 좋은 길라잡이가 되었으면 하는 바람이다. 더불어 거제시관광자원화를 위해 아낌없이 지원해주신 경상남도 그리고 거제시에 다시 한 번 감사드린다. 끝으로 출판의 불황을 무릅쓰고, 이 책의 출판을 선뜻 맡아준 도서출판 황금알 대표 김영탁 시인에게 고마움을 전한다.

2016. 12

거제스토리텔링작가협회 회장 서한숙

차 례

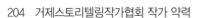

고
혜
량

서불이 해금강으로 온 까닭은

— 신선대

신선대(神仙臺) 가는 길

　해안을 끼고 달리는 풍경은 온통 푸른색이다. 차창 밖으로 손을 내밀어도 물빛 푸름이 손가락 끝에 베일 것만 같다. 바다 빛깔이 푸르고, 가을 하늘이 푸르고, 길 양쪽으로 들어찬 숲이 푸르다. 살짝 스치는 바람마저 푸른색을 띠는 듯하다.

　14번 국도변의 야생화는 아직 여름을 떠나보내기 아쉬웠는지, 이미 져버린 꽃들을 떨치지 못하고 제 몸 끄트머리에 매달고 있다. 화려하지는 않았지만 도타운 꽃들이었는데 가을 햇빛과 바람이 자리를 비키라는 채근에 못 이겨 서서히 물기를 빼고 말라가는가보다. 적당히 꼬불거리는 도로여서 좋다. 휙~하니 속력을 내고 달리지 않아도 미안하지 않을 길이다. 어쩌면 이런 길을 그냥 스쳐 지나간다는 것이 미안하기까지 하다.

해금강으로 들어가는 삼거리를 지나 얼마 가지 않아 오묘한 바위들이 한눈에 들어오는 자은 몽돌해변이 사람들의 발길을 붙잡는다. 함목해변이다. 해수욕장 시설이 갖추어져 있지 않아 피서객의 눈길에는 빗겨간 곳이기에, 일상의 번잡함을 떨쳐버리고 싶은 발길이라면 더없이 좋은 장소이다. 밀물과 썰물의 부딪힘에 쉼 없이 토해내는 해조음과 저 멀리 점점이 떠 있는 섬들을 배경으로 기암절벽과 너른 마당돌이 펼쳐진 풍광은 한마디로 비경이다.

신선대(神仙臺)!

몽돌을 스쳐 지나가는 파도의 자그락거리는 소리를 들으며 신선(神仙)이 내려와 놀던 곳(臺)이다. MBC 드라마 회전목마를 여기서 촬영했고, 영화 '범죄의 재구성'과 '종려나무숲' 역시 이 아름다운 풍경을 놓치지 않고 담아갔다. 굴곡진 마당돌을 오르내리며 손을 잡아주는 연인들은 영화나 드라마 속의 주인공이라도 된 듯 행복한 표정들이다. 더러는 신선대 바위 위에 서서 이미 신선이 된 듯 쪽빛 바다 위로 속세의 아픈 기억들을 훌훌 날려 보내고 있다.

진시황(秦始皇) 불로초를 탐내다

진시황은 13세에 전국칠웅(戰國七雄)의 하나인 진(秦)나라 왕에 올라 39세가 되던 즉위 26년(기원전 221년) 천하를 통일하고 자신을 삼황오제(三皇五帝)보다 위대한 시황제(始皇帝)라 부르게 했다. 그러나 진시황

은 자신의 죽음만은 마음대로 할 수 없다는 고민에 쌓였다.

　황제가 직접 나라를 다스리는 군현제(郡縣制)를 실시하고, 만리장성
을 쌓아 흉노족의 침입을 막아 태평시대가 되자, 황제가 머물며 쉴 수
있는 화려한 아방궁(阿房宮)을 지어 황제의 위엄을 한껏 드러내었지만,
죽고 나면 이 모든 것이 허사일 뿐이라는 인생의 회의감 때문에 잠을
이룰 수 없었다. 황제로 만세(萬歲)에 이르기까지 영원히 살 수 있는
불로장생(不老長生)의 비법은 없는지 고민이었다.

　때마침 나라에서는 신선의 술법을 닦는 방사(方士)들이 많았다. 방

사들은 도교사상과 결합하여 사람이 죽지 않고 영원히 사는 선도(仙道)에 깊은 관심을 가지고 사람들을 회유하고 있었다. 신선(神仙)이란 인간과 별개로 초인적 능력을 지니고 있는 불로불사의 존재라고 믿었다. 늙지도 않고 죽지도 않는다는 것은 인간이 바라는 최고의 선(善)이며 가치다.

방사들은 처음에 인간은 수행으로 신선이 될 수 있다고 여기고 있었다. 명상을 바탕에 둔 호흡조절, 자학에 가까울 만큼 몸을 유린하는 요가와 운동, 곡기를 끊고 솔잎 따위의 자연식에 의존하는 식이요법 등이 이용되었다. 그러나 점차 시간이 갈수록 그런 힘든 수행법보다는 불사의 명약을 찾아 그걸 먹으므로 힘들지 않게 신선이 되는 방법을 찾게 되었다. 곧, 불사의 명약 불로초(不老草)가 어딘가에 존재한다고 믿었다. 불로초만 찾아 먹게 되면 신선이 될 수 있고, 신선이 되면 꿈에서나 그리던 죽음으로부터 해방이 되는 것이다.

이 소식을 들은 진시황은 귀가 솔깃했다. 황제는 유명한 방사들을 고용하여 전국에 보내 불로초를 구해오라고 명령하였지만 누구도 구해오지 못했다. 진시황은 초조했다. 무엇이든 자기 마음대로 할 수 있는 황제지만 불로초를 구하는 일만은 뜻대로 쉽게 이루어지지 않았다.

서불(徐巿) 진시황을 찾다

그때 유명한 방사 중의 한 사람이었던 서불(徐巿 또는 徐福이라고도 함)이 자기가 불로초를 구해오겠노라며 진시황을 찾아왔다. 이미 서불의 이름을 익히 알고 있었던 터라 진시황은 크게 기뻐하며 융숭하게 대접했다.

"불로초를 구해올 수 있다고?"

"그렇습니다. 황제시여! 세상에 불로초가 어디 있는지는 신선들만이 알고 있습니다. 이 신선들은 불로초를 먹고 신선이 된 사람들이기 때문에 무엇보다 먼저 신선을 만나는 일이 중요합니다. 하늘과 땅을 자유롭게 노니는 신선은 마치 봉황이 오동나무가 아니면 머물지 않고, 대나무 열매가 아니면 먹지 않듯이, 신선도 아무 곳에서나 머물지 않습니다. 그런데 제가 그곳을 알고 있습니다."

"신선이 노는 곳을 알고 있다고? 도대체 거기가 어딘고?"

진시황은 다급해진 마음으로 서불을 재촉했다. 그러나 서불은 급할게 없었다. 황제의 마음을 조급하도록 구슬려서야 자기의 요구를 다 받아줄 것이라는 계산을 하고 있었다.

"그런데 좀 먼 곳입니다."

"멀어봤자 진나라 안이 아니겠느냐"

"아닙니다. 더 먼 곳입니다."

"걱정 없다. 아무리 멀다 해도 갈 수 있도록 해주겠다. 말만 해보아라, 어딘지"

"저 멀리 동쪽 나라 조선국에 가면 육지의 맨 끄트머리에 섬이 하나 있습니다. 그 생긴 모양이 칡뿌리가 뻗어 내린 형상을 하고 있다 하여 칡섬(葛島:갈도)이라고 부릅니다. 또 다른 이름으로는 천태만상의 만물상을 이루어 바다의 금강산이라고 해서 해금강이라 부르기도 하지요. 이 섬에는 이 세상에서 쉽게 구할 수 없는 약초들이 자라고 있어 약초

섬으로도 불리는 곳입니다."

"거기에 불로초가 있다고 어떻게 믿느냐?"

"그건 염려하지 않아도 됩니다. 불로초가 있는 게 틀림없습니다. 불로초는 신령한 물건이라 사람의 눈으로는 찾을 수가 없습니다. 신선의 눈에만 보이지요. 그러기 때문에 신선을 만나 잘 구슬려야만 불로초를 구할 수 있습니다. 그 신선들이 칡섬을 바로 옆에 둔 바닷가에 와서 시를 읊고 바둑을 두면서 노는 것을 보면 이들이 칡섬의 불로초를 지키고 있는 게 분명합니다."

"거짓으로 아뢰면 죽음을 면치 못하리라"

"이 자리가 어떤 자리라고 신이 거짓으로 아뢰겠습니까? 해금강 옆에는 우제봉이라는 명산이 있고 그 줄기를 타고 내려온 바닷가에 너럭

바위가 넓게 펼쳐진 곳이 있는데 이곳이 신선들의 놀이터입니다. 신선들이 노는 곳이라고 해서 사람들은 신선대라고 부르지요.”

“그럼 어서 떠나 불로초를 구해오도록 하여라.”

“그런데 황제시여! 부탁이 있습니다. 신선들에게 부탁해서 불로초의 구하려면 그들에게 예물을 바쳐야 합니다.”

“어떤 예물이 좋으냐?”

“신선들은 놀기만 좋아하지 게으르기 그지없습니다. 신선들 곁에서 수발들 동자동녀(童子童女)들을 바치면 좋아할 것입니다.”

“몇 명쯤이면 되겠느냐?”

“삼천 명은 되어야 합니다.”

“삼천 명이라고? 그렇게 많이?”

“짐작건대 신선의 수가 일천오백 쯤 될 것입니다. 동남동녀를 짝을 지어 시중들게 한다면 신선들도 흡족해 할 것입니다.”

“그렇게만 해주면 불로초를 구할 수 있겠느냐?”

진시황은 벌써 불로초를 먹고 불로장생의 황제가 된 기분으로 들떠 있었다.

신선을 만나지 못한 서불

“동남동녀뿐 아니라 각종 재주를 가진 장인과 배를 부린 뱃사람 등 오천 명 정도가 더 필요합니다. 그리고 이들을 태울 육십 척의 배로 선단을 꾸미게 해 주시고, 제가 불로초를 구해 돌아오는 동안 소요되는

경비를 모두 지원해 주십시오.”

“불로초만 구해 온다면 무엇이든지 네가 원하는 대로 다 해주마.”

불로초를 구해 오겠다는 방사 서불이 말을 믿기 시작하자 진시황은 아까울게 없었다. 불로장생에 대한 진시황의 욕심과 불로초를 빌미로 진시황으로부터 많은 사람과 재물을 타내 바다 건너 먼 땅 춰섬에 가서 신선들을 만나 불로초를 구하면 좋고, 구하지 못한다 하더라도 이들을 이끌고 섬에 가서 왕이 되고 싶어 했던 서불의 욕심이 딱 맞아 떨어지는 순간이었다.

서불이 동남동녀 삼천을 데리고 신선대를 향해 떠났다는 소문이 신선들 사이에 퍼지기 시작했다. 그동안 수발들 동자가 없어 불편하기 그지없었던 신선들에게는 참으로 반가운 소식이었다. 그러나 서불의 계산은 빗나갔다. 서불이 짐작했던 신선의 수가 일천오백보다 더 많았다. 그렇다 보니 생각지도 않았던 문제가 발생했다. 동남동녀를 차지하기 위해 신선들 사이에는 치열한 암투가 벌어지기 시작한 것이다.

그동안 평화로웠던 신선들의 사회는 큰 싸움이라도 벌어질 지경에 이르렀다. 이 문제를 해결하기 위해 여러 차례 의논한 끝에 신선들은 수발들 동남동녀를 포기하기로 하고 그날 이후로 신선대에 내려가지 않기로 의견을 모았다.

이러한 사실을 몰랐던 서불은 지금의 함목해안에 도착하여 신선들을 기다렸다. 그들을 위해서 동남동녀까지 데리고 왔으니 서둘러 올 줄 알았지만 아무리 기다려도 신선들은 오지 않았다. 끝내 불로초를 구하지 못한 서불은 숨겨두었던 자신의 다음 계획대로 선단을 이끌고 새로운 나라를 건설하기 위해 제주도를 향해 떠났다. 어쩌면 서불이

처음부터 이런 상황을 예상하고 만들어 낸 각본이었는지 모른다.

거제에서 가장 아름다운 바다!

해금강으로 가다 보면 왼쪽으로는 바람의 언덕, 오른쪽으로는 신선대로 가는 길이다. 오늘도 신선대에는 사랑이란 이름으로 서로를 엮은 수많은 연인들이 이곳을 찾고 있다. 너럭바위가 펼쳐진 돌길을 걸을 때 가파른 고비에서는 손을 잡아 주며 서로의 사랑을 확인하는 연인들의 모습이 그 옛날 신선들을 닮았다.

이제 신선의 모습은 볼 수 없지만, 신선대의 너럭바위에는 신선들이 바둑을 즐겼던 흔적이 지금도 선연하게 남아있다. 그 오랜 흔적을 따라 신선을 닮은 사람들이 바둑알처럼 알알이 동그란 아름다운 사랑을 나누는 데이트 코스로 각광을 받고 있다.

김
무
영

윤돌섬의 전설

경남 거제시 구조라 서쪽만 한 가운데 백사장이 끝나는 지점에 섬 하나 자리하고 있다. 경남 거제시 일운면 구조라리 산72번지에 있는 이 섬이 윤돌섬이다. 윤도령이 살았다 해서 윤도령도라 불리기도 했다.

이 섬에는 구실잣밤나무, 동백나무, 후박나무, 참식나무, 생달나무 등 상록활엽수가 숲을 이루고 있으며, 고란초과의 콩자개덩굴이 구실 잣밤나무 등을 완전히 감싼 채로 자생하고 있어 밀림(密林)을 연상케 하고 있다. 2002년 2월 14일, 이 섬 11,207㎡ 전체를 자연유산/ 천연 기념물/ 생물과학기념물/ 생물상으로 분류되는 시도기념물 제239호 로 지정되었으며, 시도기념물의 공식 명칭은 '윤돌섬상록수림'이다. 또 한 이 섬은 본섬인 거제도와 불과 500m 거리에 있어 국도 14호선을 따라 거제도 남쪽 지역인 일운면 구조라해수욕장 구역에서 쉽게 조망

윤돌섬 전경 - 경상남도 기념물 제239호(윤돌섬상록수림)

할 수 있다.

이 윤돌섬에는 두 개의 전설이 내려온다. 그중 하나는 지면상으로 쉽게 접했던 효자섬이라는 전설이고, 잘 알려지지 않은 또 다른 하나는 윤돌지기 윤도령의 사랑 이야기이다.

효자섬 윤돌섬

조선시대에 이곳 윤돌섬에 윤씨 3형제가 부모님과 함께 살고 있었다. 윤돌섬은 규모는 작지만 밭농사도 지을 수 있었고, 섬 주변으로 미역, 파래, 김을 비롯하여 고동, 소라, 전복이며, 또한 어류들도 많아 이 섬에서 이들 가족들이 생계를 이어가는 데는 큰 문제가 없었다. 윤돌섬에 홀로 살았던 윤씨 가족들은 풍족하지는 않았지만 큰 걱정 없이 살고 있었다.

그러던 어느 날 아버지가 바다에 나가 고기를 잡던 중 풍랑을 만나 세상을 떠나고 말았다. 어머니와 아들 셋을 남기고 떠난 아버지 빈자리를 아들 3형제가 아버지가 하던 대로 바다에서 고기를 잡아 큰 마을인 윤들이나 망치, 구조라에 나가 곡식과 바꾸거나 때론 품을 팔아 옷가지 등 생활용품을 마련하며 어렵지 않게 살고 있었다. 아버지가 세상을 떠나고 얼마의 기간이 지난 즈음에 어느 날 새벽이었다. 어머니가 젖은 옷을 입고 있지 않은가. 이상하게 여긴 아들은 어머니에게 그 연유를 물었지만 어머니는 별일 아닌 듯 얼버무리곤 했다.

아버지가 세상을 떠난 그때는 어머니는 아직 중년도 채 되지 않은 젊은 나이었다. 하루는 아들들이 잡은 물고기를 어머니가 이고 가서 망치에 내다 팔았는데, 그때 망치마을 홀아비를 만나게 된다. 천생연분인지 둘은 한눈에 서로 호감을 받았고, 눈치만 살피면서 옆 눈으로 만나곤 하였다. 그러면서 차츰 정이 쌓여갔다.

그 뒤로 어머니는 3형제가 잠든 새벽을 틈타 뭍으로 건너가 홀아비를 만나곤 하면서 사랑을 쌓아갔다. 그런 뒤로 어머니의 옷이 젖어있는 날이 잦아졌다. 그 연유를 알아보기 위해 어느 날 새벽 어머니를 미행하기로 하고 뒤를 따라갔다. 동생들을 대동하여 망치 큰 마을까지 다다랐을 그때 고기를 내다 팔 때 보았던 그 망치 홀아비를 만나고 있었던 것이다. 그 광경을 목격하고도 어머니 마음을 아프게 할까 봐 몰래 돌아왔다. 그리고 3형제는 어머니가 옷을 적시지 않고 큰 마을을 쉽게 드나들 수 있도록 돌다리를 놓았다.

그날 후로 어머니는 아들 3형제가 놓아준 돌다리를 건너 큰 마을로 편히 왕래할 수 있었다. 아들 3형제는 어머니를 위해 효를 다한 것이다.

사랑섬 윤돌섬

조선시대쯤 되었으리라. 윤돌섬 맞은편 마을인 윤들에 처녀와 윤씨 총각이 살고 있었다. 당시에는 남녀 7세 부동석이라 하여 남녀가 7세가 되면 서로 같은 자리에 앉지도 못하는 남녀가 유별한 사회였다.

그런 시대에 같은 마을에 젊은 나이의 처녀, 총각이 살고 있었는데,

둘은 미모가 출중하고 마음씨마저 고와 마을 사람들로부터 총애를 받고 있었다.

같은 마을에서 나고 자란 탓으로 둘은 어릴 적부터 잘 알고 있었고, 양가 부모들 또한 잘 아는 사이였다. 둘은 자연스럽게 얼굴은 볼 수 있었으나, 당시 시대 상황으로 만나거나 대화할 수 있는 일은 거의 없었다. 간혹 어머니가 심부름을 시키거나 태풍이나 폭우가 쏟아져 난리가 나면 서로 돕고, 피해 복구를 한다 하곤 가까이하는 경우가 고작이었다. 그러나 누가 보아도 둘은 잘 어울렸고, 천생연분 같다고 느낄 수 있을 정도로 모든 것이 덧보였다. 곁눈질로 스쳐 가듯 보면서도 인연이라는 것은 어쩔 수 없는 모양인가 보다. 둘은 자신도 모르는 사이 마음속에 그리움의 대상이 되어 가고 있었다.

그러던 어느 날 총각은 용기를 내어 처녀를 만났다. 만나는 순간부터 둘은 너무 행복했고, 그동안 사랑이 싹터 있었다는 것을 직감했다. 그날 후로 하루가 멀다고 만남이 이어져 갔다. 그러는 동안 그들의 만남이 점차 사랑으로 발전해 가고, 만나는 횟수가 잦아지면서 이들의 만남이 마을사람들로 알려지게 되었으며, 당시 사회 통념상 이들의 행동이 도를 넘는다고 여겨 마을대책회의를 연 결과 두 사람을 갈라놓기로 했다.

마침 총각인 윤씨가 수영을 못한다는 것에 착안하여 윤씨 총각을 당시 무인도였던 윤돌섬으로 귀양 보내기로 하고 홀로 윤돌섬으로 보내 버렸다.

총각 윤씨가 윤돌섬으로 가고 난 후로 식을 줄만 알았던 사랑이 더 커져만 갔고, 둘은 같이 사랑앓이가 시작되었으며, 사랑 외에는 어떤

것에도 관심이 없었다. 두 사람은 마을 사람들이 잠든 야밤을 틈타서 소리로, 말로, 손짓으로 사랑을 속삭이고 하면서도 끊임없이 타오르는 사랑의 열정을 자제할 수가 없었다. 그러던 어느 날 두 사람은 언제라도 만 날 수 있도록 돌다리를 놓기로 약속을 했다. 총각 윤씨는 윤돌섬에서, 처녀는 윤들 마을 해변에서 마을 사람들이 잠든 틈을 이용해 돌다리를 놓기 시작했다. 보름달이 다음 보름달이 몇 번을 지나고 나서야 돌다리가 완성되었다. 그리고 둘은 만남이 이루어졌고, 마을 사람들은 그들의 거룩한 사랑을 인정하게 되었으며, 그 후로 둘은 평생 윤돌섬에서 살았다.

윤돌섬 정상에는 묘가 있었는데 이 묘가 총각이었던 윤씨 즉, 윤도령의 묘가 있었던 자리였다. 몇백 년도 훨씬 더 지난 후에 다른 사람이 묘를 조성하기 위해 묘를 파자 학이 날아서 수정봉(구조라 남쪽 소재)에 날아가 앉자 이 묏자리를 명당자리라고 여겨 이 묏자리에 묘를 썼다. 제사 때마다 조상신을 모시러 배를 타고 윤돌섬까지 가는 번거로움 때문에 묘를 이장(移葬)하기로 하고 묘를 파는데, 이때도 묘에서 학이 나왔다. 역시 그 학이 날아서 수정봉 정상에 앉는 것을 본 인부가 다시 그곳에 묘를 써서 지금도 묘가 조성되어 있다. 주변 구실잣밤나무가 울창한 숲을 이루어 묘소를 보호하고 있다. 묘소에서 나온 학은 윤도령(윤씨 총각)의 부인이 윤씨(윤도령)를 잊지 못해 학이 되어 살고 있었던 것이다.

윤돌섬은 우선 생태계보고지이다. 사람이 살지 않으면서도 구실잣밤나무 등이 울창한 숲을 이루고, 섬 주위 해변에는 놀래미, 술비, 문

구실잣밤나무—상록활엽수로 쌍떡잎식물이며 너도밤나무 목에 속한다.

조리 등 어류와 파래, 미역, 김, 그리고 소라, 고동 등 해산물이 풍부하다. 또한 주변에는 해수욕장과 몽돌해변이 좌우로 분포되어 있고, 명승지인 해금강도 조망된다. 이 지역은 거제도에서도 특히 기후가 온화하여 매화꽃이 1월 초에 개화하기 시작하는 지역이다.

가까운 곳에 내도, 외도가 조망되고, 청정해역이 한눈에 펼쳐지는 수정봉이 있으며, 구조라성에는 임진왜란 당시 7진의 하나인 조라성의 진지였기도 하다. '조라'라는 지명에서 조라진이 옥포로 옮겨가고 옛 조라라는 의미로 '구조라(舊助羅)'가 되었으며, 이 지역은 특히, 수산물이 풍부해 풍어를 기원하는 민속놀이로 유명한 무형문화재인 "남해안 별신굿"의 발생지이기도 하다.

이웃 마을인 와현(누우래)은 천연 해수욕장이 있으며, 진나라 당시 서불이 불로초를 구하다가 날이 저물어 동남동녀 3천여 명과 기술자, 의료진들과 함께 유숙한 곳이며, 부부가 60년을 가꾸어 이룬 수선화의 대명사로 불리는 공고지와 외도, 내도, 그리고, 서이말, 지세포성으로 이어지는 천주교순례길이 연결되는 등 주변 관광지가 풍부한 곳이다.

이런 풍부한 관광자원을 살려 축제를 개최할 필요가 있다. 윤돌섬에서 나타난 효와 사랑을 주제로, 윤들마을 해변에서 윤돌섬까지 돌다리(출렁다리)를 만들어 이 다리를 건너면 사랑이 이루어지고, 효를 다한다는 의미를 부각하는 것이다. 살아있거나, 세상을 하직하였어도 못다 한 효를 다하여 부모님을 기리는 계기도 될 것이고, 처녀, 총각과 부부나 가족들끼리 사랑을 확인하고, 더욱 공고히 다지는 역할도 할 것이다. 각박한 현실에서 벗어나 진정한 삶의 의미를 찾고 윤택하게 하여 살만한 가치를 느끼게 할 수 있을 것이며, 사랑과 효가 사람의 마음을 열어 삶의 의미를 되새기면서 많은 관광객들로부터 호응을 받을 게 자명하다. 게다가 주변 관광자원과 연계하여 볼거리와 즐길 거리를 엮어 나간다면 어느 지역보다 훌륭한 문화 · 역사 · 생태계관광 축제가 될 것이다.

특히, 이곳 지형과 기후를 살려 매화의 거리를 조성하여 매화가 피는 1월에 축제를 개최하면 비수기에 관광 붐을 이루는 효과도 거양 할 것으로 확신한다.

윤돌섬(출처: 이장명 작가)

김
복
희

응답하라 1951년 대광중학교 거제분교

육이오사변이었다.

삶의 터를 잃은 피난민이 봇물 터지듯 거제 섬에 밀려왔고 섬은 얼마 지나지 않아 피난민으로 가득했다. 그리고 사람 따라 학교도 피난을 왔다. 서울대광중학교도 거제 섬에 잠시 흑판을 세우고 맨바닥에 학생들을 앉혔다.

올해로 칠십육 세인 언니의 모교는 대광중학교 거제분교다. 둔덕면 방하마을 앞산에 흔적도 없이 빈터만 덩그러니 홀로 앉아있는 1951년 언니의 기억을 더듬어 본다.

대광학교가 있던 곳에서 얼마 지나지 않아 둔덕면 방하리 출신 생명파 시인 유치환의 묘와 시비 동산이 있다. 그 동산에 올라 시인의 시를 암송한다.

"할아버지 살던 집에 손주가 살고 아버지 갈던 밭을 아들네 갈고,"

청마 선생의 「거제도 둔덕 골」이란 시가 참새 떼처럼 날아오르고 언니의 기억은 어느새 1951년 대광학교 운동장 앞에 와 있다.

그렇게 넓고 무섭던 학교 앞 내천이 지금은 작은 실개천이 되어 흐른다. 교정에서 내려다보면 환히 보이던 자갈밭 개천은 넓은 논밭과 코스모스로 일렁인다.

언니의 모교인 대광중학교는 기독교에서 운영하는 학교였다. 그래서 언니는 일주일에 꼭 두세 번은 성경 공부를 해야만 했다. 학교 규율도 엄격했다. 겸손과 희생과 봉사를 실천하는 모범이 된 학생에게는 모범상을 주기도 했다. 언니가 모범상을 받아 오던 날 온 가족이 기뻐했던 기억은 오래도록 잊지 못할 이야깃거리다. 그때의 신앙 공부는 언니의 삶에 있어 큰 선물이었다. 어떤 고난과 역경에도 신앙은 언니의 마음에 평화를 가져다줬기 때문이다.

서울대광중학교의 전신인 서울대광학교는 1951년 9월 1일 거제도에 분교를 만들었다. 1·4후퇴 이후 수많은 함경도 피난민이 거제도에 수송됐다. 거제도 각지에 흩어져 배움을 받지 못했던 피난가족 자녀들을 위해 대광학교는 본교를 부산에 두고 거제 장승포, 지세포, 사등, 둔덕 등에 분교를 세웠다. 학생 수만 600명이 넘었다.

언니는 대광학교 분교 중 둔덕분교에 다녔다. 전쟁이 끝나고 대광중학교 본교가 서울로 복귀한 1954년 3월에 폐교됐다.

당시 분교를 세울 자리를 찾느라 고심하던 대광학교에 청마 유치환 선생의 지인이 한 분 있었다. 그런 이유로 둔덕 분교가 세워지는데 청마 선생의 도움이 있었다는 후문이다.

대광학교 둔덕분교는 둔덕면 방하리 고려 고분군에 위치했다고

大光高等学校巨濟分校第一回卒業

4285. 3. 3

한다. 학교를 지을 당시 수많은 고려 유물이 발견됐지만, 전시 상황에서 어찌 제대로 된 문화재 보존이 있었으랴. 그래도 언니의 중학교 시절 기억엔 운동장 중앙에 우뚝 솟은 봉분에 대한 추억만은 뚜렷하다. 고려 무덤의 봉분은 쉬는 시간이나 미술 시간에는 그림을 그리는 야외 학습장이었고, 점심 도시락을 나눠 먹기도 좋은 곳이었단다.

뛰어놀다 목이 마르면 공주샘 우물에 가서 벌컥벌컥 물을 마시고 세수도 했단다. 그 시절의 추억 때문이었는지 언니는 얼마 전 둔덕 코스모스 축제에 갔다가 예전에 마른 목을 적시곤 했던 공주샘을 찾았다. 옛날처럼 바가지로 떠서 후우! 불어 마실 만큼은 아니지만, 우물은 1950년대나 지금이나 변함없이 작고 아담했으며, 샘물의 맑음은 오롯이 그날들을 기억하고 있는 것 같다며 좋아했다.

당시 대광학교엔 둔덕면 원주민 학생과 피난민 막사에서 다니는 학생 등 전교생이 300여 명이나 되었고 교사는 6명 정도였다고 한다. 아버지께서는 청년단장과 의용소방대 대장을 맡으셨고, 둔덕면 피난민 막사 책임 관리자로 근무하셨다. 피난민 막사는 학교 앞 넓은 자갈밭 앞에 밀집돼 있었는데 아버지께선 언니를 등교시키기 위해 아침마다 손을 잡고 학교 앞 내천(둔덕천)을 건너 주셨다. 비라도 많이 오는 하교 시간엔 선생님들도 학생들을 업어 천을 건너 주시기도 하셨다.

당시엔 전쟁 중이라 나이와는 관계없이 수시로 입학생이 들어 왔는데, 덩치가 큰 아이들이 물 깊은 곳에 서서 사람 띠를 이어 작은 아이들이 내를 건너는 것을 돕기도 했다. 간혹 손을 놓친 아이들이 불어난 냇물에 떠내려가기는 아찔한 경우도 있었다.

언니는 피난민 막사 친구의 집에 놀러 간 기억도 생생히 기억하고 있다. 당시 피난민들은 옥수수로 만든 죽이나 삶은 옥수수, 고구마 등으로 끼니를 때웠다. 피난민들은 추운 겨울에도 따뜻한 아랫목, 두꺼운 옷 한 벌 없이 겨울을 보내는 일이 많았다. 아버지는 아침마다 막사로 출근해 아픈 사람이나 결석하는 학생들을 살피고 챙겼다.

부연 먼지를 뒤집어쓰고 트럭이 나타나면 새로운 피난민을 마중하고 미국 사람 구경한다고 온 동네 사람들이 모였다. 차에서 내린 사람들은 운동장 가운데에 줄을 서서 구호품을 받았다.

피난민 중 운이 좋은 사람들은 집집이 방을 빌려주어서 살림을 살게 했다. 동네에 수용소가 생기고부터는 아무리 식구가 많은 집이라도 주인도 방 한 칸 피난민도 방 한 칸이었다. 방이 없는 집은 고방까지 내어 주면서 부엌과 마당을 함께 공유하며 살았다. 밥때가 되면 서로 눈치를 보면서 김치 한 포기 고구마 한 개라도 꼭 같이 나누어 먹고 그들을 보살폈다.

그중에서도 아버지께서 가장 먼저 하는 일이 아이들을 찾아서 학교에 입학시키는 일이었다.

한번은 가족과 북에서 피난 온 언니 또래의 여자아이가 혼자 수용소에 왔다. 피난 중 가족은 모두 뿔뿔이 흩어진 터였다. 아버지는 여자아이를 혼자 피난민 막사에 둘 수 없다며 집으로 데려와 언니와 함께 교회와 학교에 다니게 했다. 옷이며 신발 학용품 등을 사주면서 한 가족처럼 지냈다고 한다. 그러던 어느 날 여자아이의 아버지가 잃어버린 딸을 찾아 학교까지 찾아왔다. 처음엔 가족을 만난 기쁨에 언니와 여자아이는 기뻐서 울었는데, 이윽고 헤어져야만 한다는 슬픔에 더욱 서럽게 울며 영영 이별하게 되었단다.

언니는 가끔 "지금도 그 친구 살아는 있을까?"라며 그 여자아이와의 추억에 빠지곤 한다. 그때 전쟁의 폐허 속에서 가난한 삶을 숙명처럼 지고 살아야만 했던 대광학교 둔덕분교 동창들의 추억과 그리움은 언니의 시간 너머 무심하게 흘러만 갔다.

언니는 지금도 "살아온 역사를 잊은 지 오래됐어도 내 학창시절이 숨 쉬던 모교 터라도 남아 있으니 누군가 나처럼 그리워하며 돌아보고 가겠지, 어떤 인연으로 둔덕면에 자리 잡았는지 모르지만, 둔덕면 방하리 대광중학교는 잊을 수 없는 나의 모교"라고 말하곤 한다.

김
영
미

화합의 마을, 이수도

대구는 연어처럼 회귀하는 본능이 있다. 학섬이라 불리던 조그만 섬, 이수도의 바다는 대구가 성어가 되면 돌아오는 길목이었다. 그래서인지 이수도 사람들은 예전부터 대구, 멸치 등 다양한 어종을 두루 잡을 수 있어서 상당한 부를 누렸다 한다. 반면, 이수도를 바라보는 시방마을 사람들은 이수도 주변에서 어업활동을 할 수도 없고 섬에 접근하기도 쉽지가 않았다. 그렇다고 농토가 많은 지대도 아닌지라 농업도 어업도 시원찮았다. 게다가 대구를 지척에 두고도 잡아들일 수도 없다는 것은 참으로 난감한 일이었다. 대구가 회귀하는 길목이 이수도 앞바다이다 보니 대구 어획은 이수도 마을 사람들이 독식하다시피 했고, 두 눈만 멀뚱거리며 쳐다봐야 하는 시방마을 사람들의 속은 까맣게 타들어 갈 수밖에 없었다.

그렇지만 이수도 작은 섬에도 불안한 시기가 찾아왔다. 어느 해부터

선착장에서 바라본 이수도 마을

이수도 사람들이 세웠다는 방시순석과 방시순석 위에 올린 방시만노순석

대구가 이수도 앞바다를 건너오지 않았던 것이다. 섬은 작았지만, 물이 풍부하고 고기가 많이 잡혀 건너편 시방마을 사람들의 부러움과 시기를 한꺼번에 받던 마을이 피폐해지기 시작했다. 마을 사람들은 마을의 사활이 걸린 만큼 한마음이 되어 예전의 활기를 되찾기 위한 다양한 방안을 모색하기에 나섰다. 급기야 금강산에서 도통했다는 도사를 만나서 방법을 알아오자는 데에 의견을 모았다. 비바람이 몹시 몰아치던 어느 겨울, 배고픔을 견디기 힘들었던 마을사람들은 금강산 도사를 찾아갔다. 도사는 금강산 기슭에 움막을 치고 살고 있었으며, 첫인상이 예사롭지 않았다 한다. 움막 앞에 머리를 조아린 이수도 사람들은 마을의 흥망이 달렸으며 이는 사람 목숨을 살리는 일이니, 마을이 다시 번창할 수 있는 방책을 달라며 간절히 매달렸다. 도사는 천기를 누설하는 것은 금기되어 있다며 강하게 거절하였다. 그러나 마을 사람들의 곡진한 호소에 마음이 흔들렸는지, "그 처지가 심히 불쌍하여 하늘의 이치를 거스를 수는 없으나 그 이유나 한번 알아보겠노라." 했다.

이수도와 시방마을의 형상을 둘러보던 도사는 혀를 끌끌 차며 "건너편 시방마을은 두루미 형상인 이수도를 향하여 활을 쏘는 형국이라, 시방마을에서 쏜 화살에 이수도의 학이 죽음에 이르니 마을의 살림이 궁핍해지는 것이 당연하다"라는 말을 전했다.

이수도의 학이 시방마을에서 쏜 화살에 맞아 죽는 처지라 하니 섬사람들은 밤잠을 못 자고 마을의 부귀를 가져올 방책 찾기에 여념이 없었다. 마을 사람들은 다시 한 번 도사를 찾아가서 방책을 구하니, 도사는 천기누설은 발설하지 못하게 되어 있으나 그냥 두면 섬사람들이 모두 망할 형편인 것을 애석해 하며, 화살 막을 방패인 비석을 세우고 홀연히 사라졌다. 그 비석에는 '方矢循石(방시순석)' 즉 화살을 막는 돌이라는 글귀가 새겨져 있었다.

이 비석을 세우고 난 후, 이수도에는 다시 대구들이 떼를 지어 드나들기 시작했다. 그런데 이수도에 활력이 넘쳐나자 앞마을인 시방마을의 살림이 또다시 구차해졌다. 섬마을의 변창을 지켜보던 시방마을 사람들의 발등에 불이 떨어진 것이다. 그러던 중에 이수도에 '방시순석'이라는 글자를 새긴 비석이 있다는 소문이 바람결에 퍼져갔다. 게다가 금강산 도사가 그 비석을 세우고 난 후부터 이수도는 부유해지고, 시방 마을이 쇠락의 길로 들어선 것이라지 않는가.

이 말을 듣고 시방 마을 사람들이 가만히 있을 리가 없었다. 마을 사람들은 무리를 지어 뗏목을 타고 이수도로 몰려가 비석을 깨뜨리려고 싸움을 걸었으나, 섬이라는 특수한 지형에다 이수도 사람들의 비석을 지키려는 의지에는 꺾일 수밖에 없었다. 그리하여 묘안에 묘안을 짜내던 시방마을 사람들은 '만개의 쇠 화살로 깨어 부순다'는 뜻의 '方矢萬鷺石(방시만노석)'이라는 글자를 새겨서 비석을 세웠다.

그러자 희한하게도 그때부터는 섬마을이 몰락하기 시작했다. 섬 사람들은 시방마을로 몰려가서 비석을 깨뜨리려는 온갖 노력을 기울였다. 그러나 그 일은 쉽사리 이뤄지기는 어려웠고, 이수도 사람들의 고민은 깊어만 갔다. 백지장도 맞들면 낫다고 했던가. 위기를 극복하기 위한 마을 사람들의 치열한 고뇌는 드디어 방책을 찾아냈고, '방시순석' 위에 '方矢萬鷺循石(방시만노순석)'이라는 비석을 새겼다. 이것은 도사가 찾아 준 방책도 아니었고, 순전히 마을사람들이 모여서 의논하고 토론한 결과였다. 하늘도 마을 사람들의 살려고 하는 악착같은 마

시방마을 사람들이 세웠다는 방시만노석

음을 헤아린 것인지 그 이후로 두 마을 간의 분쟁은 없어졌고 화합과 화평의 세월을 보내고 있다. 이수도와 시방마을에는 아직도 두 개의 비석이 세월의 흔적을 뒤로 한 채 전해지고 있으며, 두 마을 사람들은 평화롭고 풍족한 생활을 하고 있다.

하늘에서 이 마을을 내려다보면, 이수도는 두루미의 형상이고 시방 마을은 활 쏘는 형국이다. 두 마을에는 에메랄드빛 바다를 사이에 두고 조선시대 말엽에 세워진 비석이 나란히 서로를 마주 보며 어려운 시기를 슬기롭게 극복한 마을 사람들의 지혜를 간직한 채 남아있다. 또한, 이수도는 아름다운 해안변을 따라 데크가 설치되어 찰랑대는 바닷소리를 들으며 산책하기에는 더없이 좋은 곳으로 변했다. 낮고 완만한 능선을 이루는 둘레 길은 시원하게 뻗은 거가대교와 사방으로 펼쳐진 푸른 바다를 조망할 수 있으며, 해맑은 날에는 멀리 대마도를 조망할 수 있다고 한다. 산 정상 부근에는 사슴들이 마음껏 뛰노는 사슴농장이 있으며, 이 둘레길은 대략 두 시간 정도의 산책길로 가족이나 지인들과 천천히 여유롭게 둘러보기에 알맞아 보인다. 그리고 마을 골목길에 들어서면 굽이진 옛 길목 담벼락에는 정겨운 글귀와 그림이 그려져 있어 재미를 더한다. 이수도에서 갓 잡은 싱싱한 회와 멍게 그리고 해초를 곁들인 밥상은 입안 가득 바다 향을 전해 준다.

이수도야말로 섬이 갖는 매력, 산과 바다의 조화로운 풍광을 누릴 수 있는 최적의 장소가 아닌가 싶다. 아울러 이수도 선착장에서 바라보는 해안변에는 태풍 매미 때부터 짓기 시작했다는 매미성이 지금도 축조되고 있으며, 그것 또한 시방마을의 명소로 자리 잡고 있다.

끝으로 필자의 이수도 산행기 한 토막으로 마무리할까 한다.

이수도와 시방마을

이수도의 봄

장미처럼 붉게 물들고 싶은
봄, 섬으로 간다

파란 하늘을 벗삼아
구름도, 바람도, 파도도
조곤조곤

새털처럼 그려진 수 만래 길
구름사이,
낭창하게 늘어진 거가대교 사이
하늘은 새파랗고
초록은 신선하다.

부신 눈, 슬쩍 감았더니
코 끝으로 밀려드는 향긋함이라니

아, 찔레가 피었다.
매미성이 피었다.

시방마을의 매미성

김
운
항

시가 있는 에세이

— 내도에서

내도 동백꽃

이별에 이골 난 넌
동박새 서럽게 울어도
잘만 가는구나

뚝
　　뚝
　　　　뚝 … 뚝 !

아, 짓붉게 타오르는 다비식이여
꽃의 영광으로는 아쉽기라도 하더냐
얼마나 좋은 곳으로 가려 하느냐

주검이 더 진하고 아름다운 건
아쉬움도 통째로 떨구었기 때문이다.

아무 말 없이 걷는 길에 떨어진 동백꽃. 여기가 제일 좋은 곳인 듯 싶은데 어디로 가려 하는가? 지난 4월 초순이었다. 우연한 기회에 가벼운 트레킹을 하자는데 마음이 동하여 지인들 몇 명과 내도를 가게 되었다. 진즉에 몇 차례 다녀온 곳이고 빤히 건너다뵈는 그리 멀지 않은 섬이라 자그만 배가 구조라 항을 벗어나기 전까지는 내 몸 말고는 별시리 갖고 갈 것도 갖고 올 것도 없는 가벼운 소풍 정도로 생각했는데, 막상 배가 항구를 벗어나고 내도 선착장에 다다를 때쯤에는 왠지 모르게 가슴에 작은 떨림이 마침 불어오는 갈바람에 피어나는 물결같이, 그 물결 사이 빛나는 윤슬같이 일기 시작했다.

언제였던가? 고등학교 2학년 보리방학 때였나? 남녀 학생 몇 명과 공곶이에 놀러 갔었는데 6월 말이었지 싶다. 여학생들 앞에서 객기가 솟은 나는 내도까지 헤엄쳐 갈 것을 제안했고 지금은 고인이 된 반영근이란 친구와 함께 현해탄을 건너듯 헤엄을 쳐 내도까지 갔다. 갔으니 돌아와야 하기에 친구와 함께 다시 물에 뛰어들었는데 물은 차고 기운이 빠져 내가 좋아하던 여학생의 박수 소리는 들을 수가 없었고 거의 초주검이 되어 돌아와서는 공고지 몽돌밭에 쓰러지고 말았다. 그때 그 여학생이 벗어서 덮어주던 옷에서 나던 감미로운 냄새는 가버린 친구보다, 햇볕을 받아 따뜻하던 몽돌보다 훨씬 더 기억에 생생하니

어쩌면 좋으랴.

몇 채 안 되는 민가를 벗어나 짧은 오르막 나무 계단을 지나 숲으로 들어섰다. 4월 초순이라 막바지로 만개한 동백꽃은 피할 수 없을 만치 눈길이 닿는 곳이면 어디든 지천으로 피어 있었다. 떨어져 더 붉은 동백꽃을 밟지 않으려 애써 피하며 걸었다. 나는 비록 떨어진 꽃이지만 밟고 싶지 않았다. 눈에 보이는 모든 것들과 함께 걷는 일행들이 사랑스러워질 때 쯤 개활지가 나왔고 내 눈앞에 섬, 또 섬 하나가 나타나는

것이 아닌가. 외도, 외도였다.

외도를 바라보며

내도에서 외도를 바라보며
너를 생각한다

떠나 온 곳이 섬인데
눈앞에 놓인 또 다른 섬 하나

내도에서 본 외도

섬에서 보는 뭍이
너 같고

뭍에서 보는 섬은
나 같을지라도

섬에서 보는 다른 섬은
너도
나도
아닌 것을

언제나 그 자리
버리면 섬이 되나
떠나가면 섬이 되나
모든 것 잊히기 전
너도
나도
섬이 되고 말려나

　한참을 정신없이 바라보다 후박나무 숲을 지나고, 해송이 우거진 길을 지나고, 간간이 산이 되어버린 묵정밭을 지나고, 언덕배기 몸 하나 누일만한 평지에 큰 찐빵 같은 무덤들을 지나 다다른 왕대 숲과 시누대 숲, 그곳에는 이 작은 섬의 역사가 고스란히 숨어 있는 듯, 빈치랑 산까치 몇 마리가 부산하게 지저귀며 공부를 하고 있는 듯했다.

　시간이 얼마나 지난 지도 모르고 마냥 걸었던 길의 종착점은 허기가 기다리는 출발점이었다. 아쉬움 속에 되돌아온 선착장에서의 늦은 점심은 직접 끓인 라면이었지만 그 맛을 잊을 수 없다. '어떤 음식이냐가 중요한 것이 아니고 누구랑 어디에서 어떻게 먹느냐'가 더 중요하다는 사실을 제대로 깨달았다. 나와 일행들은 국물 한 방울도 남기지 않았다.

　교만한 내가 갖지 못한 무엇인가를 간직한 작은 섬, 결코 화려하지 않아서 더 정감이 가는 섬 내도. 외로우리라 여겼는데 한 바퀴를 돌고 나니 결코 외로운 섬이 아니라는 생각이 드는 것은 웬일인가? 언젠가 혼자서 와 보리라. 나는 가졌는데 섬이 가지지 못한 것과, 섬은 가졌는데 내가 가지지 못한 것에 대하여 이 자리에 다시 서 비교하며 진솔한 대화를 해 보고 싶다.

사랑하는 사람이 있다면 내도를 가 보라. 동백꽃이 피었을 때면 더 좋다. 버리러 갔다가 더 많이 갖고 돌아오는 길, 짐으로 여겨지던 배낭이 하나도 무겁지 않은 건 무슨 일일까? 돌아와 구조라 선착장에서 바라다뵈는 마알간 민낯의 내도는 결코 외로워 보이지 않았다.

김
정
순

달이 뜨는 산달섬

달을 닮았다. 항구에서 바라보는 바다 저쪽의 산달섬은 달처럼 둥근 모습이다. 실제 섬의 형태는 길쭉한 타원형인데도 항구에서 바라볼 땐 늘 동그랗다는 생각을 하게 된다. 거제면 법동리 고당항에서 차도선(車渡船)을 타고 채 십 분을 못 가 섬에 도착했다. '꿈과 행복의 섬'은 화장기 없는 민얼굴의 순박한 모습으로 반긴다.

'산달섬 들꽃이야기' 이정표가 일러주는 방향을 들머리로 정했다. 한 뼘 거리에서 바다가 따라온다. 타박타박 내 발소리를 박자 삼아 걷는 한 걸음 한 걸음이 여유롭다. 염주괴불주머니, 줄딸기꽃, 민들레, 개불알꽃, 유채꽃 찬찬히 눈을 맞추고 이름 부르는 재미가 쏠쏠하다. 모퉁이를 돌아 나가자 마을이 나온다. 산전마을 표지석이 길섶에 나와 있다.

골목길이 환하다. '어서 오세요. 하늘마을입니다.' 벽화가 그려진 낮

은 담장들이 다정하다. 담장 너머로, 열린 대문 틈으로 만나는 일상의
풍경은 따뜻하고 소박하다. 조그마한 교회와 그림같이 고요한 성당이
고만고만한 거리에 서로 이웃해 있다. 골목 끝 즈음에는 학교가 있다.
오래전 폐교한 거제초등학교 산달 분교다. 붉은 하트가 핀 계단을 올
라 학교 운동장으로 들어선다. 아이들이 떠난 운동장엔 '공산당이 싫
어요.' 반공소년 이승복 동상이 바다를 마주한 채 세월을 더하고 있다.
요즘은 보기 힘든 동상이 학교의 오랜 역사를 말해주는 듯해 새삼 둘
러보게 된다. 섬 아이들이 떠난 폐교는 자연과 문화체험의 장소로 바
뀌어, 뭍으로 떠난 아이들을 섬으로 다시 불러들이고 있다.

　산달섬에는 소토골산, 뒷산, 건너재산 세 개의 봉우리가 있다. 세
봉우리 사이로 계절에 따라 달이 세 번 떠오른다 해서 삼달(三達)이라
불리다가, 산에서 달이 떠오른다고 산달(山達)이란 이름을 얻었단다.

혹은 약 4백 년 전 이 섬에서 정승이 태어난 이후 산달로 불렸다는 유래도 전한다. 이 섬에는 달에 얽힌 지명의 유래 못잖게 달에 얽힌 일화도 많다.

산달섬에서 태어나고 자라 고개 너머 이웃 마을로 시집을 가 평생을 섬에서만 산 팔순 할머니가 있었다. 어느 날, 부산으로 시집간 딸네 집에서 난생처음 외박을 하게 되었다. 저녁을 먹고 마당으로 나와 무심코 하늘을 올려다보니 달이 떠 있었다. 그날이 마침 보름날이었다. 구름 없이 맑은 밤하늘에 보름달이 떠 무척이나 환했다. 달을 본 할머니가 깜짝 놀란 듯이 말했다.

"아이고, 이기 무신 일이고? 산달섬에 있던 달이 여기까지 머 하러 왔노? 거기는 우짜고 여기까지 왔노?"

"어머니, 그게 무슨 말씀이세요? 산달섬에 있던 달이 여기를 오다니요?"

"봐라봐라. 저기 달 안 보이나? 니 어릴 때 산달섬에서 저녁마다 보던 달 모리겄나? 그 달이 지금 저거 아이가."

"네?"

처음엔 영문을 몰라 어리둥절해 하던 딸이 곧 말뜻을 이해하고 세상에 하나뿐인 달에 대해 열심히 설명을 했다.

"아이고 얄궂다. 산달섬에만 달이 뜨는 줄 알았는데, 마산에도 부산에도 달이 뜬다고? 무신 달이 그래 많단 말이고?"

"어머니 그게 아니라……."

딸이 아무리 설명을 해도 할머니는 같은 말만 되풀이했다. 팔십 평생 섬을 벗어나서 밤을 보낸 적이 없는 할머니가 아니던가. 오로지 산

달섬 세 산봉우리 사이로 떠오르는 달만 보았고, 그래서 산달섬에만 달이 있는 줄 알았던 할머니로선 쉽게 이해할 수 없는 게 당연할 터. 그 달이 그 달이라고 설명을 제아무리 잘한들 달이 여러 개로 이해되는 할머니의 셈을 어찌 틀렸다고 할 수 있겠는가. 하늘의 달은 하나지만 천 개의 강을 비추는 달은 천 개의 모습이 된다는 걸 어찌 이해시킬 수 있으랴.

할머니의 달을 찾아 하늘을, 산봉우리를 둘러본다. 달은 보이지 않고 실리마을이 저만치 보인다. 산달섬에는 산봉우리가 세 개이기도 하지만 섬의 해안가에 형성된 마을도 산전, 산후, 실리 세 곳이다. 산전마을 골목길을 따라 산으로 이어진 고갯길은 실리마을과 연결된다. 일주도로가 생기기 전 실리마을과 산후마을을 이어주는 유일한 길이었다. 고갯마루에 서면 산전마을이 한눈에 들어온다. 유자섬이라는 별칭답게 짙은 초록 숲은 온통 유자나무다.

산후마을과 실리마을을 돌아나오는 일주도로 바다 위에는 굴양식장의 하얀 부표들로 가득하다. 유자 못지않게 산달섬 주민들에게 중요한 수입원이 굴양식이다. 일제강점기 일본인들이 정착해 어장을 여럿 운영했던 것도, 선사시대부터 이 섬에 사람이 살았던 것도 바다의 풍부한 수산자원이 있었기에 가능하지 않았을까. 예나 지금이나 바다 덕을 톡톡히 보고 있는 셈이다.

흔들리는 부표를 바라보며 걷다 보니 실리마을도 지나고 산후마을도 지났다. 출발지였던 산전마을 선착장이 가까워져 오자 산달섬의 새 길을 내는 공사현장이 보인다. 머잖아 산달섬은 더는 섬이 아닌 섬이 된다는 사실을 확인하는 현장이다. 섬의 새로운 길, 연육교가 완공되

면 지명으로만 불리는 섬이 될 터. 섬을 오가는 유일한 길이었던 차도
선 또한 제 역할을 다하고 추억 속으로 사라질 날이 얼마 남지 않았다.
아쉬운 마음이 드는 건 나그네의 지나친 감상 탓일까. 새삼 눈길을 두
는 바다 위에 윤슬이 눈부시다.

 아직은 온전히 섬으로 남아 있을 때, 차도선을 타고 산달섬으로 떠
나보는 건 어떨까. 무작정 길을 나섰다가 혹여 어디로 갈지 망설여
진다면 산달섬을 기억하시라. 타고 온 자동차는 고당항에 두는 게
좋다. 바퀴를 따라 구르는 갯바람을 친구 삼아 자전거를 타고 섬 길
을 달려보길 권한다. 일주도로는 오르막도 갈림길도 없다. 앞으로 나
아가기만하면 되는 편편한 길이니 속도를 조금 내어 달려도 괜찮을 듯
하다. 아니면 운동화 끈 느슨하게 풀어 묶고 타박타박 걸어보는 건 어
떨까. 여럿이면 가벼운 수다를 덤으로 해서 걷는다면 즐거움은 배가

될 것이다. 혼자 나선 길이면 물빛에 마음을 적셔가며 사색에 잠겨 가만가만 걸어도 좋으리라. 한나절 눈으로 품어보는 섬의 모든 것들이 마법처럼 마음을 평온하게 해줄 터이니. 그뿐인가. 섬을 돌아보는 내내 바다가 보디가드마냥 곁을 지켜주는 호사도 맘껏 누릴 수 있다. 덤으로 주어지는 호사로 인해 섬에서의 시간이 봄볕마냥 따뜻하게 느껴질 것이다.

섬을 떠나기 전, 세 봉우리 어디쯤 꼭꼭 숨어 있을 산달섬의 보물, 삼달을 찾아보는 것도 특별한 즐거움을 줄 것이다. 누구 보는 이 없을 때 슬쩍, 달을 품고 간들 어떠랴.

김
정
희

소와 목동의 화가 여산 양달석을 그리며

3월이면 어김없이 꽃을 피워 올리는 벚꽃나무는 올해도 예술회관 야외공연장 주변을 화사하게 채색하고 있다. 이 봄날 거제문화예술회관 전시실에서는 소와 목동의 화가 '여산 양달석 특별전시회'를 개최하였다. 대한민국 100대 화가에 선정된 작고 예술인으로서의 첫 전시회로 그 의미는 특별하다 하겠다.

구한말인 1908년 사등면 사등리 성내에서 한의사의 4남매 중 차남으로 태어난 양화백이 미술과 본격적으로 인연을 맺게 된 것은 그의 나이 21세 때인 진주공립농업학교 3학년 때다. 당시 오사카신문 주최 전일본중등학교 미술 전람회에 "농가"를 출품해 특선을 받게 되었다.

어둡고 가난한 상황 속에서 한평생을 서민 화가로 향토적 주제의 형상만을 고집해 온 양화백. 그는 1세대 부산, 경남을 대표하던 서양화가로 변화의 가치를 으뜸으로 치는 지적 풍토와는 무관하게 가난 속에

양달석 특별전시회

서 뼈저리게 느꼈던 농촌의 어릴 적 체험을 화폭에 옮겨 놓은 민중작

가다.

 1994년 필자가 거제예총 사무국장으로 있을 당시 고 양달석 화백을

비롯한 지역 출신의 작고 예술인 추모를 위한 "거제 문화예술의 위대

한 선각자들"이란 주제로 심포지엄을 개최하였다. 그때 선정한 지역

예술계의 대표적인 선각자 명단을 소개해 보면 다음과 같다.

 우선 청마 유치환 선생은 거제의 자랑이자 우리나라의 자랑스러운

시인이다. '의지의 시인' '극기의 시인' 그것은 바로 청마 유치환 선생

의 시세계관이자 그의 인생이었다. 청마 유치환 선생은 생전에 거의

〈목동〉 수채화

천 편에 가까운 시를 썼다고 한다. 한 시대를 풍미한 시인으로 자신에 대한 성찰과 극기심만이 자신을 이기는 인생의 승리자라는 신념으로 삶을 사신 세계적인 시인이다.

동방의 명필이라고도 하는 성파 선생은 평생 추사체를 추구하셨다. 현재 선생의 숨결을 느낄 수 있는 작품으로는 진주 촉석루의 현판을 비롯하여 밀양 영남루의 현판 등이 있다. 특히 거제시 동부면 사무소에 있는 '일심봉공(一心奉公)'이라는 작품은 생동감이 넘치는 지역의 소중한 문화유산이라고 할 수 있다.

애향(愛鄉)의 선구자로 옹골찬 선비 예인(藝人)이라고 칭하는 무원 김기호 선생은 생전에 '풍란'이라는 시조집 한 권을 남기셨다. 거제시 하청면 실전리에서 태어난 선생은 시조시인이기에 앞서 인격이란 예도(藝道)에 앞서는 것이라고 신념처럼 생각하고 실천하신 선비의 삶을 사셨다. 하청에 교육기관을 설립하신 거제의 페스탈로치로 존경받는 분이시다.

향파 김기용 선생은 난이 있었기에 반세기가 넘도록 고향을 지킬 수 있었다며 난을 연구하는 등 거제를 애란의 고장으로 만드신 진정한 애란인이시다.

소산 홍준오 선생은 한국 시조 문단에서 40여 년 가까이 한 치의 흐트러짐 없는 마음으로 시조의 본령을 지키면서 우리 언어의 조형미를 극대화한 대표적인 시인이라고 할 수 있다.

윤의도 선생은 사진작가로서 향토문화와 관광홍보에 앞장선 진정한 문화예술인이셨다고 한다. 또한 천주교 순교자의 후손으로 향토를 위해 평생을 몸 바쳐온 분이기도 하다.

〈풍경〉 수채화

작고 예술인 추모를 위한 세미나가 있고 얼마 후 문화관광부에서 '미술의 해'을 선포하면서 한국 미술계 100대 화가로 선정된 여산(故) 양달석 화백 표지석을 거제시 사등면에 세우게 되었다. 이를 계기로 양화백은 경남권에서 집중적으로 조명을 받게 되었으며 거제예총에서는 "여산 양달석 화백 그림비 건립위원회"를 결성하여 사곡 삼거리 소공원에 그림비 제막식을 하게 된 것이다.

그때 제막식 기념으로 양달석 화백 기념전시회 준비를 하다가 예산을 비롯한 여러 가지 난관으로 중도에 포기한 기억이 있다.

양화백의 작품세계는 청색 주조에 목동이 피리를 불며 소들이 뒷동산이나 시냇가에서 한가로이 풀을 뜯는 목가적인 풍경이 대부분이다. 추상이니 전위예술이니 하는 미술 사조의 유행이 거칠게 화단을 몰아칠 때도 양화백은 고지식할 만큼 한 가지 소재와 화풍에만 일관하는 소박한 자기 언어를 지닌 예술인이었다. 50년 동안 줄곧 2,600여 점의 그림 속에는 자신이 체험한 외로움과 고독, 그리고 가난이란 삶의 고통을 직접 체험한 데서 연유된 것이리라.

양화백은 1975년 국제신문에 연재된 '청춘은 아름다워라'의 제하 나의 비망록에서 "목동은 내 슬픈 날의 자화상"이었다고 회고하고 있다. 이것은 그가 그리는 포근하고 천진난만한 동심의 세계가 당시 세파의 아픔을 달래기 위한 자기극복, 즉 구원의 세계였다고 술회했다.

1962년 제정된 경상남도 문화상을 수상한 양화백은 70년 이후부터는 고혈압과의 투병생활을 계속하면서도 그림 그리기를 게을리하지 않고 전시회에 작품을 출품하여 주위 미술애호가들의 아낌없는 박수갈채를 받았다고 한다.

〈소와 목동〉 유화

　청마의 본향이 거제라는 것이 알려진 후 청마가 태어난 둔덕골에 조성된 청마기념관은 전국의 대표적인 문학관으로 많은 사람들이 찾아오고 있다. 하지만 국도 14호선에 인접해 있는 사등면 성내마을이 한국 1세대 서양화가 양달석 화백의 본향이란 사실을 아는 사람들은 별로 없다.

　이런 때에 거제시문화예술재단에서 올해 주요 전시사업으로 개최한 "여산 (故)양달석 특별전"은 정신문화의 표상인 그의 예술세계를 기리는 사업으로 지역 예술계에 크나큰 의미를 부여하는 계기가 되었다. 또한 때맞춰 결성된 "여산 양달석 기념사업회"에서는 양화백의 예술세계를 지역에 널리 알리는 사업과 그를 밀도 있게 조명하는 작업을 추진할 예정이다.

　머지않은 미래에 여산 양달석 미술관 등 거제를 대표하는 작고 예술인들의 심오한 예술성을 느낄 수 있는 기념관이 조성되어 지역민 누구나 '예술을 꿈꾸며 문화를 즐기는' 날이 오리라 기대해 본다.

김
철
수

김치파이브(Kimchi5)

두모 고개를 넘어서면 아담한 장승포항이 눈에 들어온다. 멀리 파도 속에는 동백꽃으로 이름이 난 지심도가 잡힐 듯 떠 있다.

녹색의 형광도로 표시판에 오른쪽은 지세포, 해금강 방향, 왼쪽은 능포동이다. 직진하면 문화예술회관이 나온다. 더 가다 왼쪽 사잇길로 빠지면 옛날 도로가 나온다. 오른쪽으로 조그만 건물에 간판 하나, '평화 가축병원'이 있다.

요즈음 매스컴에 한창 오르내리는 유명한 '김치 파이브'의 이경필 원장의 병원이다. 수더분한 시골 농부 같은 순박하고 평안한 느낌을 주는 인상이다. 매스컴에 오르내리는 사람이라는 흔적은 찾을 수 없다. 이 친구에게서는 풀 냄새가 난다. 아니 가축과 교감하는 순수한 영혼의 맑고 향긋한 냄새이지 싶다.

"이 원장, 내다. 잘 있나? 니, 12월 15일 역사박물관에서 하는 1950년 흥남, 그해 겨울 특별전할 때 서울 왔더냐?"

"응, 갔다 왔다. 참, 바쁘게 다녀온다고 연락 못해서 미안하다. 개관식만 참석하고 내려왔다."

그는 장승포에서 초·중·고등학교를 나와 대학에서는 수의학을 전공한 수의사다. ROTC로 제대한 후, 사십여 년 전 이곳 장승포에 가축병원을 개업했다. 거제도의 산과 들, 농촌을 누비며 소, 돼지는 물론염소, 닭, 오리 등을 치료하며 예방접종을 하고 있는 베테랑 수의사다.

전화가 걸려오거나 인편으로라도 연락이 올라치면 새벽이거나 늦은밤일지라도 달려가서 송아지를 받고 주사를 놓으며 성심성의껏 가축들을 치료하고 돌봐준다. 마치 사람을 대하듯 생명이 있는 모든 가축을 귀하게 여긴다는 생활신조를 가지고 사는 친구다.

그러니 농촌의 어르신들이 이 원장이라 하면 다들 친척처럼 격의 없이 반기고 좋아한다. 수의사로서의 대우보다 인간적인 사람 됨됨이를 좋아하는 것이리라. 이 친구의 이야기는 오랫동안 묻혀 있다가 5~6년 전부터 흥남철수 작전이 재조명되면서 언론매체에 등장했다. 출생부터가 드라마틱하다.

1950년 흥남 철수 때다. 12월 22일 저녁에 함경남도 흥남부두에서 시작된 피란민 승선은 다음 날 오전까지도 계속되었다. 그렇게 14,000여 명의 피난민을 태운 배 메러디스 빅토리호(Meredith Victory)는 23일 새벽 흥남부두를 떠났다. 배의 길이 196m, 폭 20m에

불과한 이 7,600톤급 화물선에 화물 대신 자그마치 14,000명을 태우고서 남으로, 남으로 800km의 항해를 시작했다. 어렵게 배에 오른 피란민의 대부분은 며칠 혹은 몇 달 피해 있다가 유엔군이 북진하면 고향에 돌아갈 수 있으리라 생각했단다.

피란민들로 가득 찬 배는 발 디딜 틈이 없었다. 배의 아랫간부터 실린 사람들은 기름통 틈에서 지내야 했다. 갑판 위에 자리 잡은 사람들은 차가운 겨울바람과 높은 파도를 내내 맞아야 했다. 덮고 자던 이불이 얼어버린 사람도 있었고, 물도 없이 굶거나 멀미로 정신을 잃는 사람이 부지기수였다. 용변은 앉은 자리에서 해결했다. 이 비극적이고 처참한 상황 속에서도 산모들은 다섯 명의 새 생명을 선상에서 해산

했다. 이름하여 '김치 1,2,3,4,5'이다.

12월 25일 장승포항구에 하선 직전 이 배에서 스물여덟 된 산모가 화물칸에서 아들을 낳았다. 여인들이 둘러서서 쳐준 장막 한가운데에서 서○○이라는 할머니가 앞니로 탯줄을 끊었다. 다섯 번째로 태어난 생명이었다. 선원들은 아이를 '김치 파이브'라 불렀다. 서른일곱 살 된 아버지는 아들 이름을 '경필'이라고 지었다. 그렇게 삶은 이어졌다.

메러디스 빅토리호는 크리스마스이브에 부산항을 거쳐 12월 25일 피난민들을 거제장승포항에 내려놓았다. 사람들은 이 항해를 '크리스마스의 기적'이라고 했다. 이후 우리나라 정부와 미국 정부가 메러디스호와 선장, 승무원들을 표창했고, 가장 많은 사람을 구한 배로서 2004년 기네스북에 등재됐다. 메러디스호는 1971년 현역에서 은퇴했으며, 아이러니하게도 1993년에 고철로 팔려서 선박 분해 작업은 중국에서 이뤄졌다. 참으로 아쉬운 일이다.

피란민들 중에는 배에서 하선한 그곳인 거제도 장승포항에 더러 정착했다. '김치 파이브(Kimchi 5)'의 부모는 둘째 아들이 장승포 앞바다 선상에서 났기에 인연이라 생각하고 이곳에 정착했다. '피란민'이란 소리를 귀 따갑게 들어가면서도 끈질긴 생활력으로 삶을 이어갔다. 함께 피란 내려온 지인들과도 끈끈한 정을 소중하게 이어갔다.

흥남을 탈출한 그들에게 '평화'는 무엇보다 소중한 메시지였다. 생업에도 '평화'라는 간판을 내걸었다. 세월이 흐른 후 장승포에 김치 파이브의 부모는 잡화상을 내었다. '평화 상회' 잡화상의 이름이었다. 그

후 생활이 좀 더 안정되자 아버지는 고향 흥남 구룡에서 하던 사진기술로 '평화 사진관'을 내었다.

한 많은 피란생활을 하셨던 부모님들은 십수 년 전 영면(永眠)하셨다. 고향을 떠나온 지 50여 년이 지나서였다. 아들이 수의사로서 착실하게 인정받는 과정을 지켜보셨다. 손자가 공군사관학교를 졸업하고 염원하시던 평화, 그 평화를 수호하는 공군 장교가 된 일을 흐뭇해했다. 생전에 아버지께서는 가축병원을 개원할 때 두 가지를 말씀하셨단다. 거제도에서 병원을 개업할 것과 '평화가축 병원'이라고 이름을 지으라고.

"아버지, 왜 거제도와 평화에 그렇게 집착하십니까?"

"거제도는 아무것도 없는 우리를 받아준 섬이니라. 피 한 방울 나눈

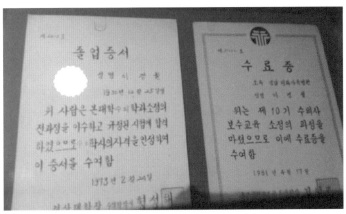

적 없는 우리를 외국인들이 목숨 걸고 데려다준 곳이니라. 그 뜻을 갚고 다시는 피란 가는 일 없이 살아야지, 그러려면 평화(平和)가 있어야 하지 않겠느냐?"

그렇다. 평화, 말 그대로 '전쟁이 없이 세상이 평온함.' 얼마나 소중한 것인가. 그제야 이 원장은 부모님이 왜 '굳세워라 금순아'를 노래하지 않고 낙도(落島) 지심도의 어려운 사람들에게 잡화를 싸게 팔고 어떤 경우에는 거저 주며 평화라는 상호를 고집했는지를 알게 되었다. 이 원장은 이때부터 생활신조를 '평화, 은혜, 나눔'으로 정하고 수의사 생활을 시작했다. 그러구러 사십 년의 세월이 흘러갔다.

거제도 포로수용소 유적공원 내에 2005년 5월에 '흥남 철수작전 기념비'가 세워졌다. 메러디스 빅토리호의 피란민 철수를 형상화한 조형

물과 함께 세워졌다. 2010년 '흥남철수작전 60년의 기억과 감사의 행사'에서 김치 파이브인 이 원장은 60년 만에 생명의 은인이랄 수 있는 메러디스 빅토리호의 생존한 선원 세 명과 감격의 상봉을 했다. 당시 일등항해사였던 제임스 로버트 루니, 조타수였던 벌리 스미스, 초급 기관사였던 멀 스미스다.

이 원장은 이들을 한 명씩 포옹하고 감사 편지와 꽃다발을 전했다. 그리고 "아버지로부터 내가 태어났을 때의 얘기를 많이 들었다. 그동안 정말 만나고 싶었다. 항상 고마운 마음을 갖고 살아왔다."고 말했다.

'선원'들 또한 감격해 했다. 루니는 영어로 "김치 파이브가 그때는 작은 아기였는데 어느새 이렇게 변했다."며 "흥남 철수 작전은 매우 인도적인 작전이었다. 피란민 하나하나가 모두 영웅이라고 생각한다."고 했다.

김치 파이브. 그의 소망은 나머지 김치 원(1)부터 포(4)까지 한자리에서 만나보는 것이란다. 그리고 메러디스 빅토리호와 같이 생긴 선박을 구해서 장승포항에 띄우고 이곳에 '흥남 철수 기념 공원'을 조성하는 꿈을 갖고 있다. 그는 오늘도 분주하게 거제의 산하를 누비며 가축들을 돌보고 있다.

그는 지금 '평화, 은혜, 나눔'의 전도사로 사회와 국가에 봉사의 삶을 성실하게 살아가고 있다. 김치 파이브! 파이팅이다.

김
현
길

꿈의 다리 거가대교

　아마 내가 초등학교 4학년쯤 이었지 싶다. 봄 소풍을 둔덕면의 첫 관문인 아사 마을이 있는 바닷가로 가게 되었다. 초등학교에 입학하고 가장 멀리 시오리를 걸어서 소풍을 간 셈이었다. 도회지 통영이 저만치 빤히 바라다보였다. 임진왜란 당시 이순신 장군이 왜선 70여 척을 견내량에서 유인하여 학익진으로 한산 앞바다에 수장시킨 중간 정도의 위치였다. 군함바위 쪽에서 부산 가는 여객선이 브이자로 물살을 멋지게 가르며 견내량 쪽으로 가고 있었다. 나는 보물찾기를 하면서 크고 멋진 배들이 오가는 것을 보며 동경과 설렘으로 어느새 마음은 부산으로 함께 따라가고 있었다. 뒤에 그 멋진 배가 '경복호'라는 것을 알았고, 부산과 여수를 오가는 정기 여객선이 여러 척 더 있다는 것도 알게 되었다. 계집애들이 고무줄 뛰며 부르던 "빼빼야 쿵작쿵작 해골바가치 부산 가는 금양호야 우리빼빼 신고가자 우짜고 저짜고" 하던 '금양호', 또 그전에 '한일호'가 있었고 한참 뒤에는 거제면 각산선 창에서 출발해서 마산까지 들렀다 가던 '신진호'가 있었던 것으로 기억 한다.

통영시 한산도에서 여수까지를 한려수도라 한다. 여수, 통영, 거제, 부산을 운항하던 여객선이 닿은 거제에는 성포항에 닿았다. 내가 사는 둔덕면 사람들은 부산이나 마산에서 출발하여 성포항에서 배에서 내려 상둔쪽에 사는 사람들은 도둑골재로, 하둔쪽 사람들은 오량 마을을 거쳐 피왕성 재를 넘어서 다니던 때가 엊그제 같다고들 회상한다. 그 뒤 산업화가 되면서 도로의 발달과 함께 선박들도 덩달아 늘어났다. 당시로는 생각지도 못한 쾌속선인 공기부양선 엔젤호가 등장하였다. 부마고속도로에 이어 남해안고속도로가 연이어 건설됨으로서, 한려 수도를 오가던 여객선들은 화려했던 과거를 뒤로하고 단계적으로 사 라져갔다. 마산에서 부산 가던 배가 처음 없어지고, 여수에서 통영 오 던 여객선이 없어지더니 통영에서 부산 가던 여객선들조차도 추억 속 으로 사라졌다. 고현항과 옥포항 두모항 장승포항을 오가던 '바람따라 구름따라호'와 '세길호' 같은 배들이 최근까지 운항 되다가, 거가대교 의 개통과 함께 그나마 부산 가는 남해안 여객선은 영원히 역사 속으 로 자취를 감추고 말았다.

충무김밥은 그때 벌써 유명했다. 그밖에 수없이 많은 애환들도 많 았다. 한일호 침몰과 엔젤호 침몰 같은 대형선박사고도 있었고, 낙동 강 하구에 이르면 뱃멀미를 하던 생각, '바람따라 구름따라'호의 갑판 장 친구 덕택으로 반표 끊어서 고현항에서 부산 가던 생각이 새롭다. 2011년 거가대교가 놓이자 그해 부산으로 한자 공부를 6개월 정도 다

넜다. 꿈의 다리 덕분에 버스로 건너갈 수 있었다. 장목면 유호 끄트머리에서 저도 대죽도를 지나고 해저를 통과해서 가덕의 뭍으로 올라가면. 진해시와 부산시 경계에 있는 컨테이너가 빌딩처럼 쌓인 것을 볼수 있다. 부산신항의 양쪽으로 길게 늘어선 크레인들을 뿌듯한 마음으로 내려다보며 부산으로 향했다. 고현터미널에서 출발하여 약 1시간이면 사상터미널에 도착했고, 전철로 갈아타고 괴정에 도착하여 학원 마치고 역순으로 거가대교를 건너 거제로 되돌아왔다.

명랑한 거제도 토끼가
유호 끄트머리에서 깡충 깡충
저도, 대죽도를 연달아 건너뛴다

그때 부산 가덕도 물속에서
엉큼한 자라 한 마리가
목을 쑤욱 뽑고 마중을 나온다

이내 토끼는 자라 등을 타고
용궁으로 들어갔다가
웃으면서 되돌아 나온다

'상전벽해'
아! 나는 오늘
현대판 마당놀이
별주부전을 보고 있다.

— 김현길, 「거가대교에서」

부산을 오고 갈 적마다 거가대교 해저터널 타일벽면을 물끄러미 바라본다. 저곳에 용궁의 그림을 그려놓았다면 얼마나 좋을까라는 아쉬운 생각을 하다가 '돈이 너무 많이 들겠지?' 하고 혼자 자문자답을 해 본다. 용왕, 도미 대신, 거북이, 토끼 그리고 간을 말려놓았다고 용왕에게 천연덕스럽게 거짓말하는 토끼, 산속에 다리 꼬고 누운 토기 모습, 토끼의 꾀에 속아 난처해 하는 거북, 흰수염고래, 돌고래, 귀신고래. 가오리, 상어, 등등 그밖에 바닷속 생물들과 궁궐을 그려놓으면 용궁이 될 것이다. 또 추억의 여객선들을 한편에 그려놓으면 더 좋을 것이다. 나는 타일 벽면이 스쳐지나 갈 적마다 그러한 그림들을 상상해 보았다. 초등학교 소풍 가서 느꼈던 경복호가 떠오르고 큰 도회지 부산을 동경하던 소년으로 돌아갔다가, 다시 별주부전의 바닷속 용궁이 디오라마처럼 보인다. 용궁 속으로 토끼가 거북이 등을 타고 기어가는 느낌이다.

천혜의 자연경관에다 5백여 명이 유배를 살다 간 섬. 28개의 크고 작은 성곽이 즐비한 섬. 동아대학교 박물관장을 지낸 심봉근 박사의 말을 빌리자면 산성과 평지성이 거제의 곳곳에 산재해 있어 과히 성의 박물관이라고 했다. 성곽들을 발굴해서 서로 네트워크식으로 연결한다면 역사 이야기가 있는 관광자원의 가치가 충분히 있다고 본다. 한해에 몇백 억씩 적자 보는 거가대교, 교통수단으로서 만의 다리가 아니고 건너고 싶고 가보고 싶은 명소로 만들자. 대형 관광차들이 거제에 무조건 일박할 수 있는 조건을 만들어 갈려면 즐기고 향유 할 수 있는 문화예술적인 부분도 충분히 고려해야 하겠다.

거제와 부산은 이제 이 꿈의 거가대교를 관광 상품화하고, 토끼의

간을 얻으려는 한쪽의 일방적인 생각을 버려야 되겠다. 거제에서 보면 부산이 용궁이요, 부산에서 보면 거제가 용궁이 되는 셈이다. 서로 윈윈 해야 한다. 남해안 시대의 동반자 격이던 여수와 통영은 관광으로 성공했다. 그러므로 거제는 거가대교라는 꿈의 바닷길과 외도, 해금강, 포로수용소 다음으로 관광상품 다원화를 서둘러야 하겠다. 지금은 빨대 현상으로 균형면에서 부산 쪽으로 약간 기울지만 생각은 현실을 낳고 현실은 우리에게 다시 풍요를 가져다줄 수 있을 것이다.

박
영
순

갈곶이 더덕 이야기

수평선 너머로 일렁이는 파도, 햇살조각이 눈부시게 내려앉은 은빛 물결 위로 갈매기가 한가롭게 노닐고 있다. 이 평화로운 바다 위에 태고의 비경을 그대로 안고 있는 바위섬이 있다. 해금강이다.

해금강은 남부면 갈곶이 마을에서 남쪽으로 약500m 정도 떨어져 있는 무인도로 그 빼어난 절경으로 일찍부터 물 위에 떠 있는 남방의 삼신산(三神山)으로 불린다. 해금강을 거제사람들은 칡섬이라 불렀는데 모든 지명이 한자로 바뀌면서 '칡 갈(葛)'을 써서 갈도(葛島)가 되었고, 육지에서 바다를 향하여 돌출된 경우 붙여지는 지형을 일컫는 이름인 '곶(串)'이 붙어 '갈곶' 또는 '갈곶이'가 되었다.

칡섬의 유래는 산 중에 어른이라는 노자산(老子山) 정상에 올라 보면 산 준령이 마치 칡넝쿨처럼 뻗어 있는데 그 뿌리에 해당하는 지점이 해금강이다. 또 다른 설명으로는 노자산과 가리산이 용의 몸이라면 갈

곳이는 용의 입 모양의 형상을 하고 있고, 해금강은 여의주를 닮았다고 한다.

그런 탓으로 하여 중국에서조차 이곳을 영산(靈山)으로 여기고 있었다. 천하를 통일한 진(秦)의 황제는 영원히 살고 싶다는 생각으로 서불(徐市)을 단장으로 한 동남동녀 삼천 명을 이곳으로 보내 불로초를 캐오라는 명령을 내리기까지 한 곳이다.

오래전부터 칡섬에는 희귀한 약초가 많아 '약섬'이라고 불리고 있었다. 특히 이 섬에 천 년 묵은 더덕이 있다는 소문이 있었다. 진시황이 불로초를 캐오라고 보낸 것도 바로 이 천 년 묵은 더덕이었을지도 모른다.

천 년 된 더덕은 영물(靈物)이다. 여우도 천 년을 묵으면 황금빛 털에 꼬리가 아홉 개 달린 구미호가 되듯이, 더덕도 천 년이라는 오랜 세월을 묵히면 마치 어린아이의 모습을 닮은 동삼(童蔘)이 된다. 동삼이 되면 영험한 재주가 생겨 새나 짐승으로 변하기도 하고 때로는 사람의 모습을 하고 다니기도 한다고 알려졌다.

칡섬에 동삼이 있다는 소문은 널리 퍼져있었지만 아무도 그 더덕을 캘 수 없었다. 동삼을 캐겠다고 사람들이 가면 동삼은 벌써 알고 다른 모습으로 변하여 사라지는 것이다. 설령 동삼이 제자리에 있다 하여도 사람의 눈으로는 발견할 수 없는 신묘한 물건이었다. 따라서 천 년 묵은 더덕을 찾을 수 있는 방법은 더덕이 사람의 모습으로 변하여 있을 때다.

언제부터인가 떠도는 이야기로는 거제 읍내 장날이 되면 머리에 삿갓을 쓰고 굴건제복을 한 상주가 와서 장을 봐 가는데, 그 상주가 천 년 묵은 더덕이라는 소문이 퍼져 있었다. 더덕의 생긴 모습이 굴건제복을 입은 상주와 비슷해서 생긴 이야기일 것이다.

진나라 시황도 탐을 내었던 천 년 묵은 더덕이 불로장생(不老長生)의 묘약일 뿐 아니라 의술도 손 못되는 불치의 병도 낫게 할 수 있으니 만일 사람으로 화한 더덕을 잡는 날에는 팔자를 고칠 일이다. 옛날 거제 읍내 장은 거제에서 가장 큰 장이라 많은 장꾼들이 시장을 메웠다. 그 많은 사람 가운데는 간혹 굴건제복을 한 상주도 있을 수 있었다. 사람들은 그 상주가 천 년 묵은 더덕일지 모른다는 생각으로 다짜고짜 잡는 바람에 애먼 상주들만 봉변을 당하기 일쑤였다.

"잡았다. 너는 천 년 묵은 동삼이지?"

난데없이 장 보는 상주를 붙잡고 소리치면

"나는 갈곶이 더덕이 아니요. 명진에 사는 윤 아무개요."

또 저쪽에서

"이번엔 틀림없이 천 년 묵은 더덕이다."

하고 소리치면

"나는 부춘 사는 김 아무개요"

이렇게 자기 신분을 밝혀도 더덕이 거짓말한다고 여기고

"거짓말 말아. 너는 필시 천 년 묵은 갈곶이 더덕이 맞다."

하고는 실랑이를 치는 일이 한두 번이 아니었다.

거제 읍내 장에 동삼이 나타난다는 소문도 시들해지자 이번에는 천 년 묵은 더덕이 물고기를 좋아해서 삿갓을 쓴 낚시꾼으로 변해 고기를 낚고 있다고 했다. 그러자 이번에는 바닷가에서 삿갓을 쓰고 낚시를 하는 낚시꾼들이 수난을 당하기 시작했다. 더러는 농사일은 팽개치고

삿갓 쓴 낚시꾼을 찾아다니느라 일로 삼는 추적꾼까지 생겨나기 시작했다.

언제나 그렇듯이 진원지를 알 수 없는 소문들이 꼬리에 꼬리를 물고 일어나는 법이다. 천 년 묵은 더덕이 동자로 변해 거제 읍내 장에 와서 장을 보고 갈곶이 가는 길을 몰라 묻더라는 등 더덕에 대한 이야기는 이곳저곳에서 출처도 없이 거제 전체에 쫙 퍼져나고 있었다.

삿갓 쓴 낚시꾼이 천 년 묵은 더덕이라는 소문이 한 차례 지나가고 나자 이번에는 더덕이 처녀로 변해 학동고개를 넘어다닌다고 했다. 전부터 이 학동고개에는 백야시가 살고 있다는 소문이 있는 곳이다. '야시'는 거제도 방언으로 여우를 뜻하므로 '백야시'는 '흰여우'를 말한다. 혼자서 학동고개를 넘다가 백야시를 만나면 운이 좋으면 거의 반죽음이 되어서라도 살아올 수 있지만, 대부분의 사람은 거기서 생명을 잃었기 때문에 예전에는 학동고개가 무시무시한 죽음의 고개였다.

그렇다고 교통편이라고는 단지 걸어서만 다녔던 시절이라 아무리 무서운 고갯길이라도 넘지 않을 수 없는 길이다. 더구나 학동고개를 넘어야만 동부에서 학동이나 해금강, 다대로 갈 수 있는 중요한 교통로였던 탓에 사람들의 불안과 공포는 이만저만이 아니었다.

이 무서운 길을 천 년 묵은 더덕이 처녀로 변하여 넘어다닌다는 소문은 더덕 잡기를 포기하라는 말과 같았지만, 천 년 묵은 더덕을 붙잡아 팔자를 고쳐보겠다는 욕심 많은 사람이 한밤에 학동고개에 숨어 있다가 백여시를 만나 생명을 잃는 경우도 여럿이 생겨났다.

한의학에 달통하고 당시 거제에서는 최고의 명의로 이름난 양정의 추의 선생도 갈곶이 더덕을 찾으러 간 적이 있다. 추의 선생은 의술뿐

아니라 점술에도 뛰어났다. 사람의 생과 사는 생(生)문방과 사(死)문방에 의해 좌우되는데, 만약 자기의 운수에 사문방이 들면 살아남기 힘들다. 마침 추의 선생이 자기 운을 보니 사문방이 들어 피해갈 수 없었다. 그러나 남쪽의 삼신산인 칡섬에 가서 천 년 묵은 더덕을 찾기만 하면 사문방에서 생문방으로 바뀔 수 있다는 것을 알고 갈곶이 더덕을 찾아 떠났다.

학동고개를 넘어갈 무렵 비가 오기 시작하더니, 학동에 닿았을 때는 갑자기 태풍으로 변하여 갈곶이를 갈 수 있는 배들이 묶이고 말았다. 아무리 뛰어난 사람일지라도 자연의 힘 앞에서는 꼼짝할 수 없었다. 갈곶이 더덕을 찾을 수 있는 날이 바로 그날이었는데 더덕의 영험한 힘으로 추의 선생이 오는 것을 막았다고 사람들은 믿고 있다. 추의선생은 그렇게 천 년 묵은 갈곶이 더덕을 찾지 못한 채 학동에서 죽었다.

천 년 묵은 갈곶이 더덕이 정말 있는지 사람들의 궁금증은 아직도 풀리지 않고 있다.

반
평
원

고택(古宅)

거제도 5대 명산 중의 하나인 산방산 아래에는 절골이라는 작은 마을이 있다. 산방산은 기암절벽과 계곡이 아름다워 작은 금강산이라 부르기도 하거니와 고찰인 설매암과 대덕사의 흔적이 남아있고, 지금의 보현사는 6·25 사변 이후 중창(重創)하였다고 한다.

이 마을에는 진양 하씨(晉陽 河氏) 집성촌으로 옛날에는 30여 호가 어울려 살았다. 이 마을이 나의 외가이기도 하다. 외갓집의 택호는 하풍헌(河風憲) 댁이다. 풍헌은 조선시대 관리의 정사청탁을 감찰하는 직위로서 선대 할아버지께서 몇몇 고을의 감찰업무를 보셨기에 그렇게 불린 것이다.

외가에 대한 기억은 어릴 적에 엄마의 손을 잡고 가 보았을 때, 집이 꽤 커 보였고. 마당에 큰 감나무와 집 뒤란에는 참대밭이 있었던 것 같다. 그날 집안의 대사였던지 마당에 멍석을 깔고 많은 사람이 앉아

산방산

절골

헐리기 전의 외가 전경

있었고 종가 종부인 외숙모님은 그 많은 친척들에게 음식상을 차리고 있었다.

언제였던가, 성년이 되어서 어느 날 외가를 가보았다. 종손인 사촌 형이 집을 지키고 있었다. 위채 4칸 아래채 4칸 집은 세월의 흔적을 그대로 보여주었다. 쓰러질 듯 위태로운데 지붕은 슬레이트로 말끔히 개량되어 있어 옛날 그림이 지워진 듯하여 마음이 허허로웠다.

형의 말에 의하면 5대조 때부터 이 집에서 살았으니 150년은 넘었을 것이라고 한다. 긴 세월 동안 아궁이에 불을 지펴 기둥과 서까래는 까맣게 그을렸고 광과 대청마루는 우물마루 공법으로 튼실하게 놓았는데 마룻바닥 소나무 심지 무늬가 빨갛게 고운 것도 있었다. 당시는 나무를 다듬는 대패가 없어서 도끼로 쪼개고 자귀로 대충 깎아서 마루를 깔았다고 하는데 30센티가 넘어 뵈는 널찍한 것도 몇 장 보였다

백 년이 넘는 세월 동안 대대로 내려오면서 아낙네들이 얼마나 쓸고 닦았으면 거칠던 마룻바닥이 저렇게 매끄럽고 고와졌을까. 내 어머니도 처녀 시절에 저 마루에 앉아 길쌈을 배웠을 것이고 하루에도 몇 번씩 쓸고 닦았을 거라는 생각이 들었다.

논어에 절차탁마(切磋琢磨)라는 구절이 있다.

학문이 경지에 이르기 위해서는 장인이 톱으로 쇠를 자르고, 두드리고. 숫돌에 갈고 다듬어야 보석이 된다는 말로서 매사에 꾸준히 노력하라는 뜻으로 안다. 조선 소나무도 갈고 닦으면 심지가 빨갛게 도드라진 아름다운 작품으로 탄생하였는가 싶다. 소나무 심지는 오래된 소나무에만 생기는 기름 덩어리로서 사찰에서 스님들이 다기를 만질 때 쓰는 침향(沈香)의 재료이기도 하다.

몇 년 전. 산방산 등반가는 길에 외가 마을을 지나게 되었는데. 서너 집만 동네를 지키고 있었다. 외갓집도 헐리고 집터는 남새밭으로 변했다. 몇백 년 지켜오던 가족 공동체 문화와 중요한 문서들, 그 가문의 역사도 함께 무너져 내린 것 같아서 가슴 한편에 찬바람이 스쳐 지나가는 듯 몹시 안타까웠다.

그런데 사람의 생각이란 게 얼마나 간사한 것인지 마룻바닥 송판이 생각나는 게 아닌가. 철거한 가재 목을 땔감으로 불태웠는지 아니면 누군가가 쓸 만한 송판은 골라서 가지고 갔지 않나 싶어 자꾸 뒤가 궁

금해졌다. 그 목리문(木理紋)이 아름다운 솔가지 목판을 다듬어서 서각을 해서 거실에 달아놓으면 앞으로 백 년은 솔향기가 은은하게 날 텐데 말이다.

요즘 농촌에는 오래된 집은 허물어 버린다. 내가 아는 사람은 고을 향교 전교를 담임하시고 한학에 조예가 깊으신 학자로 그 어른이 돌아가시고 나서 자녀들이 유품을 정리하면서 수백 권의 장서를 모두 쓰레기통에 폐기해버렸다고 한다. 부모의 유지를 받들지는 못할망정 혼과 열정이 묻어있는 흔적을 지워버렸다는 사실에 안타깝고 허망스러웠다.

고택이나 시골 전교님의 서가에서도 돈의 가치로 따지기보다 후세에 전해질만 한 선조의 얼이 담긴 물건은 없었는지 생각하니 아쉬움이 많다. 온고지신(溫故知新), 옛것을 익히고 새것을 알아간다는 것은 만고불변의 진리가 아닐까.

나는 가끔 외가의 고택 꿈을 꾼다. 옛것은 정말 좋은 것인데….

공곶이 외딴집 앞마당 수선화밭(사진작가 이장명)

서
한
숙

공곳이, 내리막길

거제도 동쪽 끝자락에 자리한 '공곳이'는 내리막길로 시작된다. 가파른 내리막의 단상이 여느 길과 달라 마음이 무거워질 때마다 걷고 싶은 길이다. 그 길로 가면 동백나무 터널 아래로 돌계단이 신기루처럼 펼쳐져 내리막의 진수를 단단히 만끽할 수가 있다. 한 발 한 발 내려가다 보면 하늘빛이 보이지 않을 때가 있다. 그런데도 뒤돌아보지 않는 것은 내리막의 의미가 무엇인지 찾고 싶은 까닭이다.

하늘빛이 보이지 않는다면 사유의 공간은 그만큼 넓어지는 것일 터, 자세를 한껏 낮추고 가야 한다. 층층이 이어지는 돌계단을 지르밟고 가다 보면, 언젠가는 내리막의 끝도 보이고, 막막하던 하늘도 다시 보이기 마련이다. 공곳이 가는 길은 그런 내리막의 연속이니, 발길 닿는 곳곳마다 고개를 숙이고 가야 한다. 낮은 곳으로, 낮은 곳으로 내려가야만 수선화와 종려나무, 팔손이와 조팝나무가 오순도순 마주하는 생명의 땅이 보인다. 그 너머로 하늘이 바다와 이마를 맞대고 수평선을 그리는 것도 내려가기 위함일 것이다.

내리막길인데도 힘에 부친다면, 쉬엄쉬엄 쉬었다 가야 한다. 터널 속 울타리 사이로 붉게 핀 동백꽃의 숨은 저력이 무엇인지 물어보고 가자. 한겨울에도 엄동설한을 뚫고 옹골차게 피어나는 꽃이니만큼 그 나름의 해법이 있지 않겠는가. 이즈음 조선해양산업의 장기불황으로 한겨울보다 더한 혹한기를 맞은 거제지역 사람들에게는 예사로운 꽃이 아니다. 하루아침에 직장을 잃고 실의에 빠진 사람들 또한 마찬가지이다.

내려갈수록 어둑어둑해지는 내리막길이라면, 돌계단이 333개인지 몇 개인지 헤아리지 말자. 터널 길이가 200m인지 몇 미터인지도 헤아리지 말자. 그렇지만 공곳이 주인집 헛간에 있는 호미, 삽, 괭이만큼은 몇 개가 되더라도 헤아려야 한다. 층층이 돌계단 길을 만들고, 노란 수선화 꽃을 피운 사람이 흘린 땀의 가치를 무엇보다 먼저 헤아려야 하는 까닭이다.

그래야만 오지(奧地)에다 사시사철 꽃을 피운 그 사람의 문드러진 손톱의 아픔도 낱낱이 헤아릴 수 있다. 흙에 닳은 손톱이고 돌에 닳은 손톱이니, 손과 손톱의 경계가 없는 것이 자연스럽다. 한 송이 꽃도 그냥 피어나지 않듯이 공곳이 수선화는 사람의 손길과 더불어 나지막이 피어난다. 가파른 산비탈을 샛노랗게 물들이며 여기저기 사람의 향기를 불러 모은다. '사람과 자연' '사람과 사람'과의 경계를 소리 없이 허물고 따사로운 온기를 품어낸다.

동백나무 터널 밖으로 나오면, 두 갈래 길이 보인다. 왼쪽으로 가면

공곶마을 외딴집이 보이고, 오른쪽으로 가면 몽돌 담장길 너머로 파란 바다가 보인다. 집에서도 보이는 바다이고, 바다에서도 보이는 집이다. 그곳이 수선화 천국임을 말하듯 밭뙈기마다 샛노란 희망이 넘실거린다. 종려나무, 동백나무, 조팝나무, 천리향, 만리향 등 50여 종의 식물들도 제각기 꽃향기를 더하며 뿌리를 내린 지 벌써 오래다.

꽃구경을 하고 싶다면 어느 쪽으로 가든지 상관없다. 그렇지만 내리막이 끝나는 지점에서는 반드시 왼쪽으로 가야 한다. 그 길로 가면, 대문도 없는 허름한 집 한 채가 보인다. 거기가 바로 공곶이농원의 주인집이다. 입장료가 없다고 그냥 스쳐 지나가면 안 된다. 가만가만 인기척이라도 내고 가야 한다. 아무런 인기척이 없다면, 밭뙈기 어딘가에 쭈그리고 앉아 꽃모종을 하고 있을 터, 묵례라도 해야 한다. 아니 나지막한 돌담장 너머로 보이는 평상에 앉아서 잠시 쉬었다 가자. 점심 무렵, 어디에선가 할머니가 할아버지를 부르는 소리가 들릴 터, 살짝살짝 온기라도 나누고 가자.

그곳은 진주 출신 총각이 예구마을 처녀와 결혼미사(1956년) 후 뒷동산에 올랐다가 한눈에 홀딱 반한 땅이다. 그는 천혜의 자연환경으로 둘러싸인 비경에 감탄한 나머지 언젠가는 그곳에서 살아야겠다는 결심을 했다. 그러고서 10여 년간 대구에서의 직장생활을 접고서 급기야 예구마을로 돌아왔다. 내도, 외도, 해금강이 한눈에 내려다보이는 그곳이야말로 사람이 살아가기 가장 좋은 땅이라는 생각에서였다.

그날로부터 아내와 함께 공곶이 지킴이가 된 그는 삽과 곡괭이로 밤낮없이 황무지를 개간했다. 산비탈 경사진 곳, 구석구석 노란 수선화를 꽃 피우며 50여 종의 식물과 더불어 살고 있다. 원시림 그 자체를

공곳이 돌담너머로 보이는 몽돌해변(사진작가 이장명)

보존하는 자연인으로 거듭난 것이다.

공곶이는 원시림이 살아있는 거제도 8경 중 마지막 비경이다. 예구 마을 입구에서 20분쯤 올라가면, 오솔길로 이어지는 내리막이어서 산책하기가 딱 좋다. 알음알음으로 찾던 지난날과 달리 요즘은 알려질 대로 알려져 무리 지어 찾는 사람들이 많다. 이들은 샛노란 수선화를 가슴에 품고 희망을 노래하는 사람들이다. 4만5천 평, 계단식 다랭이 농장을 별천지로 만든 공곶이 주인집의 오랜 손님들인 것이다. 그들과 더불어 피어나는 공곶마을은 사시사철 꽃잔치가 한창이다.

그러므로 공곶이 내리막길은 예사로운 길이 아니다. 팔순을 한참 지난 노부부가 46년째 집으로 가는 길이다. 그 집 앞마당에는 노랑, 파랑, 빨강, 하양 등 원색의 색감이 그대로 살아있어 살맛이 절로 난다.

공곳이 수선화(사진작가 이행규)

키 작은 수선화와 키 큰 종려나무가 하나로 어우러져 비경의 극치를
자아낸다. 군무(群舞)가 따로 없고, 보이는 것만으로도 절창(絶唱)이다.
내리막길의 끝에서도 보이는 하늘이니, 발길 닿는 곳곳마다 사람의 온
기로 가득하다. 그렇다. 길은 다시 오르막이듯이 내리막의 끝도 다시
시작이다.

손
영
목

내 추억 속의 파랑개와 덕포

언제든 가리/ 마지막엔 돌아가리/ 목화꽃이 고운 내 고향으로.

노천명 시인은 이처럼 애틋하게 노래했지만, 안타깝게도 나는 돌아갈 고향이 없다. 정확히 말하면 마을 자체가 없어졌다. 1982년 당시 건설부가 〈산업기지개발촉진지역〉으로 지정하는 바람에 대우조선소 부대시설 건설부지로 강제수용되고 만 것이다.

옥포만 남쪽 해안의 능포와 두모 중간에 있던 어촌 '느태'가 바로 내 고향마을이며, 나는 장승포초등학교 6학년 때 가족과 함께 마산으로 이주하기까지 거기서 꿈같은 유소년시절을 보냈다.

내가 어렸을 때, 옥포만 북쪽 대안(對岸)의 파랑개와 덕포는 한결같이 호기심의 대상이었다.

파랑개는 바로 내 탄생지다.

원래 우리 일족의 본향은 느태인데, 무슨 연유에선지 조부님이 거제

손씨 집성촌 연사에 이주해 사셨던가 보다. 그러다 해방 전에 조부님이 돌아가시자, 내 선친께서 노모와 가족을 데리고 느태에 바로 귀향하기에 앞서 파랑개에 한동안 머물러 사실 때 내가 태어난 것이다. 선친께서 파랑개에 머무르신 이유는 단순했다. 당신이 옥포의 일본인 어장 발동선 기관사로 종사하셨기 때문이다.

곧이어 해방이 되었고, 나는 첫돌도 안 되어 어머님 품에 안겨 파랑개를 떠났다.

"아침 겨울해가 문창호지에 환히 비치는데, 마침 마을 애들이 봉창 뒤 오솔길로 옥포학교에 가며 조잘대는 소리가 들리더구나. 그럴 때 너를 막 낳았느니라."

이것이 어머님의 설명에 의한, 내가 세상에다 첫 울음소리를 내던 장면의 그림이다.

느태에서 아련하게 건너다보이는 파랑개는 이후로 마음속의 또 하나 그리운 고향이 되었고, 내 생가가 과연 어떤 구조로 생겼을까 항상 궁금했다. 그러다가 대처로 이사해 도회지생활을 하게 되면서 파랑개는 자연히 실질적 관심의 대상에서 멀어지고 말았다.

내가 자신의 생가와 처음 대면한 것은 오십 대 중반이 된 1989년, 해일처럼 들이닥친 IMF 사태의 국가적 재난 여파로 삶이 팍팍해진 울적한 심사를 해소할 겸, 항상 그리운 일가친척들을 모처럼 두루 만나보고자 부산과 거제를 자동차로 여행하면서였다.

지금은 고인이 되었지만, 연초면 한내에 사시던 이종사촌 형님을 앞세우고 이분의 가물가물한 기억에 의지해 그 집을 찾아갔을 때, 가슴 찡한 감동을 어찌 잊을 수 있으랴! 마을 초입의 벼랑 끝, 대나무 숲 울

타리를 앞에 두르고 뒤꼍에는 늙은 감나무가 감을 주렁주렁 매달고 있는, 그야말로 소박한 풍경화 한 폭 같은 '언덕 위의 오두막집'은 지붕만 슬레이트로 갈았을 뿐, 가옥구조는 옛날 거의 그대로라는 것이 형님의 감탄사 회고였다.

내가 찾아갔을 때는 마침 아무도 없었지만, 나중에 알게 된 바로는 늙은 부인네가 옥포조선소 근로자인 손자 내외의 봉양을 받으며 살고 있었다.

한때는 그 집을 매입해 나중에 노구를 눕힐 안식처로 삼을까 하는 구상도 해봤으나, 생각해보니 괜한 욕심 같고 그럴 형편도 안 되어 결국 포기하고 말았다. 그래도 거제에 가는 기회가 생기면 일부러 이따금 찾아가 방문하곤 했는데, 그 집뿐 아니라 파랑개 마을 자체가 자꾸만 변형되어가는 풍경으로 나를 배척하는 것 같아, 어느덧 뒤끝이 씁쓰름한 발걸음질을 거의 안 하게 되었다.

그 옆의 큰 마을 덕포가 내 어릴 때 항상 관심의 대상이 된 것은 선친이 경영하는 정치망(定置網) 어장이 그 마을 어귀 해안암반을 근거 기점으로 삼아 옥포만 가운데를 향해 쑥 뻗어 나온 형태로 설치되어 있었던 까닭이다.

일제 강점기에 일본인이 설치했고 총독부 직할관리 정치망 중의 하나였다는 일급 어장, 해방되고 나서 이른바 '적산(敵産)'에 귀속되었던 그 어장이 선친의 소유가 된 곡절에는 많은 설명이 필요하다. 어쨌든 지역연고권을 들이미는 덕포 주민들 반발까지 물리치고 문제어장을 차지한 것을 보면, 온순하고 자상한 샌님 스타일 선친에게 아들인 나도 잘 모르는 외유내강의 특유한 카리스마가 있었지 않을까 싶어 신기하기도 하다.

아침저녁 하루 두 번 어장배가 '물을 보러' 어장에 나갈 때면 우리 발동선이 끌어주거나 일꾼들이 손수 노를 저어 갔는데, 일꾼들은 선창가에 놀고 있는 어장주네 작은아들 꼬맹이를 일쑤 달랑 안아다 마스코트 삼아 배에 태워 데려가곤 했다.

기름을 부은 듯 반질거리며 일렁이는 무섭게 검푸른 물결, 리드미컬한 노질과 반복 단음절 노랫소리, 끌어올려진 그물 속에서 결사적으로 퍼덕거리는 고기떼, 어느 틈에 떼거리로 날아와 귀가 아프도록 아우성치는 갈매기들. 그 신기하고 짜릿한 경험들이 모조리 내 문학 인생의 한 자양분(滋養分)이 되었음은 두말할 나위가 없다.

어장배 편승에서 얻는 것은 그뿐만이 아니었다. 느태보다 훨씬 크고 넉넉해 보이는 덕포의 마을풍경을 대안에서 아련히 바라볼 때보다 가까이서 자세히 구경하는 것도 매번 신기하고 색다른 즐거움이었다. 그곳 사람들이 살아감직한 모습도 궁금하기는 마찬가지.

덕포가 나한테 선사한 추억은 이뿐만이 아니다.

6·25전쟁이 일어난 것은 내가 여섯 살이던 해였다. 어린애에게 전쟁의 의미가 처음 실감으로 다가온 것은 개전 초기 어느 날 어둑어둑한 저녁 무렵, 덕포 뒷산 너머 아득한 어딘가에서 번쩍번쩍하는 붉은 섬광과 함께 쿵쿵 울리는 대포 소리가 어렴풋이 들려옴으로써였다. 그러다 그해 겨울 함경도 피란민 엄청난 집단이 섬에 쏟아져 들어오고, 마을마다 분산배정을 받아야 하는 행정조치 바람에 우리 집 아래채에도 한 가구가 더부살이로 거주하게 되었으며, 초등학교에 입학하자마자 남루하고 말씨가 이상한 피란민 아이들에 둘러싸이는 황당한 경험

으로 전쟁을 더욱 실감하게 되었다.

덕포로 말미암은 추억거리 또 하나.

그 마을 어귀에는 해면 위로 머리를 슬그머니 내민 바위섬이 하나 있었는데, 어느 날 미군 제트기 두 대가 편대로 옥포만 상공에 갑자기 나타나더니 요란한 비행음과 함께 차례차례 급강하하면서 그 돌섬에다 무시무시한 폭격을 가하지 않는가. 기총소사였는지 폭탄투하였는지는 내가 너무 어렸으므로 자세히 기억나지 않는다. 어쨌거나 강하와 상승을 반복하며 바위섬을 때리는 험상한 폭격비행은 단번으로 그치지 않고 여러 번 반복되었다. 그러다 마침내 비행기들은 언제 그랬느냐는 듯 능청스럽고 유유하게 북쪽으로 금시 사라져버렸다.

멀리 대안에서 바라보는 우리야 신기한 구경거리였을망정, 바로 코앞에서 졸지에 봉변을 당한 덕포 주민들은 간이 콩알만 해지지 않았을까. 문제는 그 연습폭격이 그날 한 번만이 아니라 두 번 세 번 반복되었는데도 워낙 현실 상황이 상황인 만큼 덕포 주민들이 어디라고 항의도 하소연도 못 하고 새가슴으로 곱다시 당할 수밖에 없었다는 사실이다.

어쨌거나 어린 나는 그 연습폭격 장면을 약간 조마조마하면서도 신기하게 바라보면서, 저러다가 바위섬이 다 깨져 없어지면 어쩌나 하는 엉뚱한 걱정을 했다.

그 덕포를 처음 일부러 방문한 것은 거제 부산 간 해저터널이 개통되고 나서 구경삼아 차로 그쪽 코스를 지날 때인데, 어릴 때 보고 느낀 그대로 크고 넉넉해 보일 뿐 아니라 마을 전경이 한 폭 풍경화처럼 아름답다고 생각되었다. 사람으로 치면 편안하고 푸근하게 잘생긴 인상이라고나 할까.

그러고 보니 이다음 거제에 가는 기회가 있으면 파랑개와 덕포를 다시 한 번 돌아보고 싶다.

아울러서 기왕 덕포에 간 김에, 그 마을에 시집가서 산다는 외사촌 누이네 집에나 물어물어 난생처음 한 번 방문해볼까도 한다.

수십 년 만에 뜬금없이 불쑥 찾아온 늙은 고종사촌 오라비를 누이는 과연 어떤 얼굴로 맞이할까.

심
인
자

하청 가는 길

달리는 버스를 따라 나의 시선도 빨라진다. 조금 지나면 눈을 감아도 훤한 동네가 펼쳐질 것이다. 가벼운 흥분이 인다. 버스는 모퉁이를 돌아 정류장에 나를 내려놓고 바쁜 듯 사라진다.

면소재지에 내려 잠시 갈등한다. 갈림길에서 어느 길을 택해야 할지. 신작로와 도살장 길, 그리고 양순네 길. 각각 전설이 있어 무서움에 떨며 걷던 길이다. 그런데 지금은 왜 그리 넓고 훤해 보일까. 샛길도 적당한 간격으로 꽃나무가 심어져 있어 전설과는 어울리지 않게 느긋함이 느껴진다.

유년의 신작로엔 주로 짐을 나르는 우마차가 다녔다. 예전에 나는 이 길을 거의 가지 않았다. 소를 만나는 게 싫어서 기도 했지만, 고개를 돌려 외면을 해도 공동묘지가 한눈에 들어오기 때문이다. 어린 나에게 묘지만큼 무서운 게 또 있을까.

구구한 이야기들이 나돌았다. 밤이면 도깨비불이 쫓아온다거나 발걸음 소리가 들려 뒤돌아보면 아무도 없어 혼비백산 달려왔다는 얘기들이다. 특히 옆집 할머니 얘길 듣고서는 밤에 어딜 간다는 것은 엄두도 못 내었다.

할머니는 밤마실을 잘 다녔다. 저녁을 먹고 나면 윗마을 친척 집에 놀러 다녔는데, 늘 그렇듯 실컷 놀다 내려오는 길이었다고 한다. 그런데 길옆 웅덩이에서 하얀 소복을 한 여인이 방망이로 빨래를 탕탕 두드리고 있더란다. 평소 간담이 큰 할머니였지만 너무 놀라서 "네 이년, 물렀거라"는 소리만 반복하다 보니 어느새 집 앞이었다고 한다. 그 뒤로 할머니의 밤마실은 더는 이어지지 않았다.

어느덧 나이를 먹어서인가. 무섭던 신작로가 이젠 아무렇지도 않다. 오히려 정답게 느껴진다. 잠들어 계신 묘지를 보며 아버지를 회상할 수 있는 것만으로도 위안이 된다.

또 다른 길은 신작로에서 갈라진 샛길이었다. 신작로보다 훨씬 빨랐다. 그런데 중간 지점에 소 도살장이 있었다. 이곳도 소문이 무성했다. 밤중에 소의 혼령이 슬피 운다는 것이다. 삼 학년이라 늦게까지 수업을 했는데, 마치고 나면 밤중이었다. 들었던 얘기가 생각나 친구들과 여럿이 지나가도 머리끝이 쭈뼛쭈뼛 서곤 했다. 뒤에서 끌어당기는 느낌이 들어 자꾸 돌아보면서 발걸음을 재촉했다. 세월이 꽤 흘렀음에도 아직도 없어지지 않고 쓰러져가듯 그 자리에 서 있어 옛 생각이 난다.

다음은 양순네 길이다. 초등학교를 마치는 육 년 내내 이 길을 걸었다. 좁아서 둘이 걷기에도 벅찬 작은 길이었다. 이 길도 혼자 다니기

엔 무서웠다. 지금은 흔적도 없어졌지만 내가 다닐 때만 해도 언덕 밑에 움막이 섰던 터가 남아있었다.

피란민이던 양순 모녀가 산 밑 이곳에 움막을 지었다. 얼기설기 엮은 집은 처음부터 위태위태했다. 어느 날 태풍이 불고 억수 같은 비가 내렸는데, 그 힘을 이기지 못하고 떠내려간 것이다. 그 통에 두 모녀는 그리던 고향에 돌아가지 못하고 한 많은 생을 마쳤다고 한다.

유일하게 부모님에게 들은 이야기이니 떠도는 소문이 아닌 사실이다. 그래서 더 무서운 기분이 들어 한달음에 지나치곤 했다. 세 길의 전설을 아는 이가 있을런지. 친정어머니도 고향을 떠났고 옆집 할머니도 유명을 달리하셨으니 '그래, 오늘은 양순네 길로 가야지.' 십여 분을 걷다 보니 알몸을 벗은 갯벌이 훤히 드러나 있다. 북적거려야 할 갯벌엔 아낙네들이 없다. 예전 같으면 허연 수건을 두른 아낙들이 부지런히 조개며, 낙지를 잡느라 허리 한 번 펴지 않을 터인데.

나 어렸을 땐 바다가 생활의 터전이었다. 갯벌이 드러나면 해산물이 지천이었으니. 우리 동네 사람들은 물론 이웃 마을 사람들도 호미와 바구니를 챙겨서 삼삼오오 몰려들었다. 아예 점심까지 준비해온 아낙도 있었다. 해산물을 잡기 위해 미리 와서 기다렸다가 바닷물이 나가고 나면 앞다투어 정강이까지 옷을 걷어 올린 채 푹 빠지는 갯벌을 향해 걸음을 서둘렀다. 물이 가장 많이 빠지는 날은 온통 사람들로 가득 찼다. 아낙들의 재잘대며 수다 떠는소리, 웃음소리가 메아리가 되어 퍼져나갔다.

밀물 시간이 되어서야 다들 허리를 폈다. 바닷물이 조금씩 밀려들면 마지못해 수확물을 챙기며 집에 갈 채비들을 했다. 아쉬워서였다.

팔뚝과 정강이에 튀어 군데군데 얼룩진 진흙 덩어리를 바닷물에 씻어
냈다.

　멀리서 온 사람들은 아쉬움이 유독 더했다. 바닷물이 발목까지 밀
려들어도 갯벌에서 손을 떼지 못했다. 바닷물이 그들마저 밀어내면 어
쩔 수 없어 무거워진 바구니를 이고 갯벌을 떠났다. 바다가 아낙들의
수다를 삼키고 나면 한동안 부산하고 활기 넘치던 동네에 서서히 어둠
이 깔렸다.

　바다는 사람들에게 먹을거리를 풍성하게 제공했다. 사람들 대부분
이 여기에서 얻는 갖가지 해산물로 반 살림을 살았으니 참 고마운 갯
벌이 아니던가. 찬이 없어도 별스레 걱정을 하지 않았다. 잠시 바다에
나가면 되었다. 파래 한 줌 뜯고 조개 한 바가지 캐서 부글부글 된장찌

개와 파래무침을 밥상에 올렸다. 또 바위에 지천으로 붙어있는 홍합을 따다 부침개 몇 장 부쳐 놓으면 아이들 간식거리가 되고 남정네의 술 안주로도 그만이었다.

요즘처럼 시장에 가서 이것저것 살피며 무엇을 해먹을 것인가 고심하는 것은 생각지도 못할 일이었다. 갯벌에 나가기만 하면 무엇으로 채우든 빈 바구니로 돌아오는 법이 없었기 때문이다.

바다는 원하는 사람에게 찬거리 이상이 되어주곤 했다. 낙지잡이가 그것이었다. 큰아이 학비가 될 만큼 수입이 좋았다. 그러나 예사가 아니었다. 힘이 들었다. 남정네들이 삽으로 파고들어 가지만 낙지는 갯벌을 뚫고 이리저리 도망을 쳤다. 한참 파고들어 가면 여러 개의 구멍이 나 있어 놓치기에 십상이었다. 새로운 구멍을 내어놓고 옆길로 새어버리는 눈속임을 하는 것이다.

낙지잡이를 하는 남정네 속에 아낙이 있었다. 체구도 작고 도저히 그 몸으론 무리란 생각이 들었다. 그런데도 낙지를 보면 끝까지 쫓아갔다. 남정네도 포기하는 상황에서 그녀의 끈질김은 낙지가 손을 들고서야 끝냈다.

아낙은 그 힘으로 자식들을 대학까지 가르쳤다. 언젠가 한번 봤는데 허리가 휜 촌로의 모습이었다. 세월이 흐른 탓도 있지만 오랫동안 바다에서 허리 한번 펴지 않고 낙지잡이를 했던 때문이다. 그런 그녀의 얼굴은 주름 투성이었지만 자신감이 넘쳐흐르고 있었다. 당연했다. 비록 힘들었지만 억척스럽게 일하여 자식 건사를 야무지게 했으니 말이다.

바다는 원하는 사람에게 최대한 자신의 것을 내어 주었다. 그래서 어렵고 힘든 시절이었지만 무던히 살아나갈 수 있었던 것이다.

바다가 훤히 보이는 찻집에 앉았다. 고향이지만 아는 이가 없다. 나이 드신 어르신들도 유명을 달리했고, 내가 태어나기 전부터 이곳을 지키던 이웃들도 나가고 없어 오히려 내가 이방인이 된 듯하다.

이젠 새로운 이웃들이 이곳을 지키고 있다. 내 고향 하청 부두, 동네라야 겨우 열하고 서너 채의 집들이 전부인 작은 마을이다. 예전엔 낡고 허름한 함석집이 낮은 울타리를 사이에 두고 정다웠는데 지금은 상가로 변하여 길손들의 눈길을 끌고 있다.

태를 묻은 고향 하청, 훤하게 갯벌이 드러나도 왁자지껄 찾아드는 이가 없다. 바다는 이미 삶의 터전이 아니다. 생업의 길에서 잠시 비켜나 한숨 돌리는 장소가 되고, 방파제에 앉아 세월을 낚는 낚시꾼들의 휴식처가 되어버렸다.

따끈한 차에서 갯내가 피어오르고 있다.

옥
문
석

동랑을 아시는지요

거제 둔덕 산방산 아랫동네가 고향인 동랑(東廊) 유치진(柳致眞)을 아시는지요. 우리나라 연극의 대부로 일컬어지는 그이는 한평생을 연극예술 한 분야에서 독보적인 존재였습니다. 그럼에도 친일이라는 프레임에 가둬 고향의 문화예술계가 외면하는 사실이 참으로 안타깝습니다.

현대를 살아가는 우리는 일본강점기와 그 시대의 인물들을 어떻게 읽어야 하는지, 혼란스럽습니다. 일제로부터 해방된 지 70년. 여전히 친일문제는 시끄럽습니다. 우리는 그 시대상을 촘촘히 읽은 후에 문제를 제시해야 하지 않을까요. 단지 친일이란 프레임에 이 문제를 가둬버리면 항구종신(恒久從身)일 수밖에 없습니다.

그 시대의 끝자락에 태어난 저는 당시의 시대상을 전혀 모릅니다. 성장하면서 일제의 잔혹성을 체험이 아닌 교육으로 알게 되었지요,

자라면서 가장 많이 들었던 말은 '순사 앞잽(잡)이'란 말이었고, 순사 온다고 하면 우는 아이도 울음을 멈췄다고 했습니다. 그만큼 일본은 잔인했고, 우리는 힘없는 민족이었다는 뜻이겠지요. 그것보다 이 시대 친일의 선봉이 순사, 일선 공무원, 황국사관(皇國史觀)을 주입하던 일선교사가 아니었던가요?

동랑은 그의 자서전에서 1905년 음력 11월 19일 거제도 둔덕이란 한촌(寒村)에서 태어났다고 적시하고 있습니다. 8대를 그곳에서 살았다고 합니다. 유씨가 많이 살아서인지 70여 호가 살던 마을 이름은 '버드레'였다고 합니다. 이 마을에는 유(柳)씨·옥(玉)씨의 집성촌이었습니다. 동랑이 놀았던 포구나무는 그의 생전 모습을 보여주는 듯이 지금도 창창하게 마을 복판에 아름드리 자리 잡고 있습니다.

그가 가족을 따라 통영으로 건너간 것은 다섯 살이었답니다. 그의 동생 청마는 이때 두 살이었다고 합니다.

우리는 지난 세기 질곡(桎梏)의 세월을 많이 체험했습니다. 망국의 설움, 식민(植民)의 설움, 전쟁의 애절(哀切: 慘酷). 그로부터 파생된 친일의 프레임(frame). 세기말에 불어 닥친 이데올로기 바람도 우리들을 질리게 하고 있습니다. 편 가르기가 도드라지면 우리가 살고 있는 사회가 건전하게 굴러가겠습니까. 이럼에도 이 사회는 지탱되고 발전하고 있습니다. 경도(傾倒)된 무리보다 보편적 가치를 추구하는 사람들이 절대적이기 때문입니다. 역사발전의 버팀목이 이들이기 때문입니다. 6·25 전쟁 때 눈에 핏발이 선 채 설치던 그 많은 무리들은 어디로 갔을까요. 보편적 가치를 추구하는 인민들이 다수였던 현상이었습니다.

최근 상영됐고, 되고 있는 몇 편의 영화로 해서 '국뽕'이란 단어를

동랑 · 청마 생가 초입에 든든한 버팀목으로 서 있는 포구나무

생전, 동랑 유치진의 모습
유민영의 동랑 유치진 평전에서

알았습니다. '국뽕 영화'란 과도한 국가주의를 전파하는 의도로 만든 영화란 뜻이랍니다. '국제시장'과 '연평해전' '명량' '귀향'이 이러한 부류에 속한다고 합니다. 이것은 평론가들의 한결같은 시선인 것 같습니다. 지금 상영되고 있는 '인천상륙작전'도 평자들이 하위 등급으로 치부했습니다. 이럼에도 시민들은 열심히 관람하고 있습니다. 6·25를 다룬 영화를 대놓고 국뽕이라고 낙인을 찍기도 합니다. 이 영화는 북한이 민감하게 반응하고 있습니다. 인천상륙작전의 오도(誤導)가 들통 나기 때문이랍니다.

왜 이런 시각이 횡행(橫行)할까요. 이는 통치철학이 정립되지 않은 어설픈 현상에서 기인한 파장일 것입니다. 조지 오웰(Georg Orwell; 1903~1950)은 '공산주의라는 것은 직접 체험해 본 사람만이 알 수 있는 것'이라고 했습니다.

윤해동(『식민지의 회색지대』, 역사비평)은 "일제 통치의 말단에서 전쟁 동원에 직접 참여했던 면장이나 면서기 또는 말단 경찰이 여기에서 제외되어야 하는 이유는 무엇인가? 황국신민화 교육을 담당하면서 '일본인', '황국신민'을 양성하고 민족성 말살에 참여했던 국민학교 교사들은 일본군의 한국인 장교들과 어떤 차이가 있는가? 금융조합, 농회, 각종 영단 등에 근무하고 있던 자들은 왜 문제가 되지 않았는가? 이처럼 주체와 대상이 모호하다는 문제를 애초에 그 본질로서 내장하고 있었던 것"이라고 지적합니다.

동랑의 친일. 이제는 이 단어로 재단하기에는 안타까움이 묻어나는 것은 무슨 이유일까요. 이제는 '공과를 분리하는 작업'을 했으면 합니다. 유민영은 영국에 셰익스피어가 있다면 우리나라에는 동랑 유치진이 있다고 했습니다.(한편으로 이 분은 동랑의 고향을 거제라 했다가 통영이라고 했으나 동랑은 그의 자서전에서 한일합방되던 1910년 다섯 살 때 둔덕에서 통영으로 이주했다고 밝힌 바 있습니다.)

당시의 시대상은 민족주의가 주류였습니다. 육당이 조선사 편수위원회에 참여한 것은 조선의 역사를 왜곡시키려는 총독부의 책략을 막기 위한 것임을 김재순(『어느 노정객과의 시간여행』, 기파랑)은 인지하고 있습니다. 그는 육당의 『고사통(故社通)』(1943, 삼중당서점) 때문에 일경에 체포되어 목검으로 피멍이 들도록 맞았답니다. 그 책은 친일 책이 아니랍니다.

육당이 반미특위에서 제출한 자열서(自列書)에 "일생의 목적으로 정한 하연 사업이 절체절명의 위기에 빠지고, 그 봉록과 그로써 얻은 학구상의 편익을 필요로 하였다는 이외의 다른 말은 하고 싶지 않다"고 했습니다. 우암은 이 내용이 결백을 주장하는 것이 아니라 학구적 양심의 소리로 들렸다고 합니다.

춘원의 딸 이정화(미국 거주)는 고국 방문길에 조선일보와 인터뷰를 했더군요.(2014년 10월 13일) 그는 아버지가 친일의 길로 들어선 것은 수양동우회사건이 전환점이 된 것으로 알고 있었습니다. 춘원의 저변에는 민족주의가 도사리고 있었다고 했습니다. 그의 인터뷰를 보고 다음 날 김우전(전 광복회 회장)은 조선일보를 찾아 인터뷰를 했습니다. 그는 춘원의 연설을 들으니 그가 '조선민족을 위해서 나가라'고 했답니다. 그는 그 연설을 들으면서 학병을 종용하러 온 것은 분명한데 조선민족의 생존을 고민하는 것을 느낄 수 있었다고 합니다.

동랑은 그의 자서전에서 이렇게 술회했습니다. "평생을 짓누르던 역사적 환경이 언제나 생존을 위협하는 공포로서 작용했기 때문에 삶의 목표였던 연극마저 공리적(公利的)으로 생각하게 만들었다. 가령 내가 생업의 차원을 넘어 삶의 지상 목표로 설정하고, 이 범주를 한 발자국도 벗어나지 않았던 연극의 입문과정부터 오늘에 이르기까지 그것을 예술로서가 아니라 민족계도로서 더 나아가 자위(自衛)의 한 방편으로 여겼던 것도 그 때문이 아니겠는가. 나의 그러한 삶의 궤적이 나와 동시대 사람들의 역사의 명예이고 운명의 끈에 매달려 있는 존재…" 그리고 "나는 내가 예술가인가 하는 의문을 던지곤 한다. 어떻게 보면 내

동랑 · 청마의 둔덕골 생가 모습

오른쪽은 동랑의 타계하기 전 모습과 왼쪽 춘향전 공연 모습
유민영의 동랑 유치진 평전에서 발췌

가 예술과는 거리가 먼 곳에서 방황하는 것 같은 착각마저 들곤 했기 때문이다"라고. 그가 태어나 청장년 시절을 보낼 때까지 온통 피지배 민족으로 전쟁의 공포 속에서 삶을 영위할 수밖에 없었음을 우리는 얼마나 되새김했는지 스스로에게 물어야겠습니다. 피지배자의 무서움은 인간에 대한 무서움이며 전쟁에 대한 무서움이라고 동랑은 말합니다.

그가 쓴 세 편의 희곡 가운데『북진대』가 친일색채가 도드라진다고 박영정은 지적합니다. 그렇다고 친일 연극 활동에만 전념했던 것은 아니랍니다. 일본 유학에서 돌아와(1931년) 극예술 연극회를 조직, 신극 운동을 전개(토막, 소, 버드나무, 동리에 선 풍경 등)했습니다.

식민지 시대에서 고통 받고 신음(呻吟)하던 궁핍한 농촌 현실을 리얼리즘적으로 그려냈습니다. 그는 이처럼 우리 희곡사에 커다란 족적을 남겼습니다. 이럼에도 1941년 이후 심약한 그는 일제탄압으로『북진대』와 같은 친일 극을 쓰면서 친일이라는 오명을 남긴 것입니다. 이제 우리 후대가 해야 할 일은 한쪽만 보지 말자는 것입니다. 적합한 단어가 공칠과삼(功七過三)의 문화인 것입니다. 덩샤오핑이 마오를 평한 말입니다. 동랑이 남긴 이 나라 희곡사의 거대한 발자취를 지울 수는 없지 않습니까.

동랑이 건립한 드라마센터, 오늘날의 서울예술대학. 그의 꿈대로
이 학교 출신 연예인들의 활동이 방송계에서 두드러진다.
드라마센터는 유치진의 필생 숙원사업이었으며,
우리나라 연극·영화·예능의 산실이다.
사진은 유민영의 동랑 유치진 평전에서

윤
원
기

제주도보다 작은 거제도는 제주도보다 크다

— 대한민국 4대 트레일을 꿈꾸자! 거제의 '섬&섬길'

자기를 찾아 나서는 걷기가 제주도의 관광패턴을 바꾸었다. 해안선을 따라 올레길을 조성했다. 며칠씩 머물고 제주도를 샅샅이 알고 떠나는 여행이 되었다.

지리산도 크게 변하고 있다고 한다. 지리산을 오르려 하지 않고 지리산 마을을 연결한 둘레길을 걷는 사람들이 늘어났다고 한다. 전북, 경남, 전남 등 3개 지자체의 속살을 들여다보는 여행이 되고 있다.

수도권의 북한산도 마찬가지다. 전국국립공원 중에서 첫 번째로 생긴 둘레길이다. 매년 천만 명 이상이 찾아오는 산길이다. 국립공원들이 걷기 열풍에 참여하는데 기폭제가 되었다.

제주도 올레길, 지리산 둘레길, 북한산 둘레길은 대한민국 3대 트레일로 자리 잡았다. 제주도 올레길은 언론인 서명숙씨가 시작하였고, 지리산 둘레길은 도법스님이 제안했다. 북한산은 자연스럽게 연결되

었다.

　스페인의 산티아고 순례길, 캐나다의 웨스트코스트 트레일, 미국의 존뮤어 트레일 등은 세계 3개 트레일이다. 대한민국의 3대 트레일도 명성과 가치를 더하고 있어 머지않아 세계적 수준으로 올라설 전망이다.

　거제도를 걸어본 사람들과 걷고 싶은 사람들은 거제도를 한 바퀴 둘러보겠다는 목마름이 있다. 다행스럽게 거제도에도 선구자들이 있다. '걸어서 거제 한 바퀴'라는 모임이다. 그분들이 거제도를 걸으면서 남긴 기록들─역사, 문화, 생태, 인문 등은 거제시가 추진하고 있는 '섬&섬길'에 고스란히 담겨 있다.

　'섬&섬길'은 남도의 푸른 다도해에 떠 있는 보석과도 같은 아름다운 섬들을 조망할 수 있는 길이란 뜻이다. 섬 단어를 두 번 반복한 것은 거제도가 우리나라에서 두 번째 큰 섬이란 의미가 담겨있다. 거제도의 절경을 감상하며 걸을 수 있는 18개 코스의 명품길로 이뤄진다. 기존 개설된 등산로를 옛길·하천길·마을길 등과 연결하는 것으로 전체 길이가 265㎞에 달한다.

　거제의 최남단(망산)에서 북단(앵산)까지 종주 코스(53.7㎞), 서쪽 산방산에서 출발해 동쪽 지세포에 이르는 횡단 코스(35.7㎞)도 조성된다. 학동 동백숲길(학동해변~다대마을 5.5㎞) 등 16개 구간은 부분별 탐방코스로 만들어진다. 이처럼 18개 탐방로가 거제도 전역에 거미줄처럼 짜여진다.

　'섬&섬길' 조성은 여러 가지로 미래를 여는 가치 있는 대단한 일이다. 환상의 섬 거제도의 가치를 재발견하는 일이다. 조선산업의 메

카를 넘어 관광과 휴양 산업의 가능성을 열어 줄 것이다. 새로운 산업을 만드는 일이다. 어촌의 6차 산업을 육성하는 것이다. 어촌의 자원(1차 산업)을 가지고 식품과 특산품 제조·가공(2차 산업)뿐만 아니라 유통·판매·문화·체험·관광서비스(3차 산업)까지 연계한 산업을 펼칠 수 있다.

전국에서 어떤 날씨에도 대중교통편으로 언제나 찾아올 수 있는 곳이기에 제주도보다 가까이 있다.

해, 달, 별, 바람, 구름, 노을, 안개, 바다, 나무, 갈대와 친구가 되어 거제 해안의 구부러진 길을 걸어 보고 싶다.

나는 구부러진 길이 좋다.
구부러진 길을 가면
나비의 밥그릇 같은 민들레를 만날 수 있고
감자를 심는 사람을 만날 수 있다.
날이 저물면 울타리 너머로 밥 먹으라고 부르는
어머니의 목소리도 들을 수 있다.
구부러진 하천에 물고기가 많이 모여 살 듯이
들꽃도 많이 피고 별도 많이 뜨는 구부러진 길.
구부러진 길은 산을 품고 마을을 품고
구불구불 간다.
그 구부러진 길처럼 살아온 사람이 나는 또한 좋다.
반듯한 길 쉽게 살아온 사람보다
흙투성이 감자처럼 울퉁불퉁 살아온 사람의
구불구불 구부러진 삶이 좋다.
구부러진 주름살에 가족을 품고 이웃을 품고 가는

구부러진 길 같은 사람이 좋다.

- 이준관, 「구부러진 길」

거어제주(巨於濟州) 제주보다 작은 거제는 관광휴양가치가 제주보다 훨씬 크다.

- 물애기꾼 윤원기

걸어서 거제 한바퀴 카페의 글

우리 삶의 터전인 거제를 배우고 싶었습니다.

거제를 배우고 싶었습니다.

거제가 우리 삶의 터전이기 때문입니다.

거제를 알고 싶었습니다.

거제의 역사, 거제의 자연, 거제에서 삶의 터전을 일구고 있는 사람들을 알고 싶었습니다.

그리고 거제의 미래에 대해서도 궁금했습니다. 우리가 살아가야 할 길이 그곳에 있기 때문입니다.

많은 사람들과 이야기를 나누어보았습니다.

거제에서 태어나 거제에서 평생 살고있는 할아버지, 거제로 이사 온 지 20년이 넘었다는 어느 직장인 그리고 거제의 행정을 책임지고 있는 공무원들을 만나 거제에 대해 궁금한 것을 물었습니다.

속 시원한 답을 들을 수 없었습니다. 의외로 거제를 잘 모르고 있는

사람들이 많다는 것을 알게 됐습니다.

살아있는 역사와 자연, 사람의 목소리는 없었습니다. 직접 우리의 눈과 귀, 발과 손으로 거제의 역사와 자연, 사람과 만나기로 했습니다.

그래서 우리는 우리가 살고 있는 거제를 우리의 발로, 걸어서 한 바퀴 돌아보기로 했습니다. 비록 느리지만 우리 모두의 삶의 터전인 거제가 어떤 곳인지, 어떤 역사를 간직한 곳인지, 우리의 눈으로, 발로, 손으로, 가슴으로 직접 확인해 보기 위해서입니다.

아름다운 해안선을 따라 걸으며 계절의 변화도 느껴보고, 그 속에 묻혀있는 역사의 소리, 사람의 향기에도 귀 기울여 보려고 합니다. 이를 통해 거제가 걸어온 길과 그 길에서 피어난 생명의 소중함, 그리고 사람들의 고마움을 느껴보고 싶습니다. 그곳에 거제의 미래가 있다고 믿기 때문입니다. 그래서 시작한 것이 '걸어서, 거제 한 바퀴'입니다.

우리의 눈과 귀로 거제의 자연을 보고 들을 것입니다. 우리의 손과 발로 거제의 땅을 딛고, 만질 것입니다. 그리고 그 속에서 익혔던 거제의 아름다움과 자랑스러움을 우리의 입과 가슴으로 알릴 것입니다. 우리의 가족과 친구, 이웃에 크고 당당하게 말할 예정입니다. 거제는 참으로 아름다운 곳이며, 행복한 꿈을 실현할 수 있는 무한한 비전을 가진 곳이라고 말할 것입니다.

6월에 시작한 우리의 걸음은 내년 5월까지 1년간 멈추지 않고 진행될 것입니다. 거제의 해안선 칠백 리, 내륙길 삼백 리, 열 개의 산과 섬을 모두 돌아보겠습니다. 3개월의 준비 기간을 가졌습니다. 이제 그 첫걸음을 내딛습니다. 격려해 주십시오.

거제 곳곳을 순례하는 도중에 우리 눈과 귀, 발과 손으로 느끼고 익힌 거제에 대한 보고서도 발간할 계획입니다. 보고서에는 역사, 지리, 환경, 문화재, 복지와 관련된 내용을 담을 것입니다. 우리 거제의 과거이자 현재이며, 미래가 될 것입니다.

거제를 배우며, 나를 찾는 사람들의 모임 좋은 벗 대표 박기련 두 손 모아 드립니다.

윤
일
광

산방산 부처굴 이야기

지우 스님과 산방산

산방산(山芳山)은 글자 그대로 산이 꽃과 같이 아름답다 하여 붙여진 이름으로 거제시 둔덕면 동쪽에 자리 잡은 해발 507.2m의 산이다. 서쪽으로는 고려 의왕이 거처했던 둔덕기성과 마주하고 있으며, 산 입구에는 거제의 시인 청마 유치환 선생의 생가(生家)가 자리 잡고 있다.

산꼭대기에는 바위로 된 두 개의 봉우리가 우뚝 솟아 있고, 임진란 때 옥(玉)씨가 피난했다고 전하는 옥굴, 가뭄이 들어 애타게 비를 기다리며 기우제를 지냈던 무지개터, 다섯 가지 흙이 나온다는 오색터, 염소굴, 베틀굴 등이 있다. 또한 하늘나라 선녀들이 봄에 꽃구경 와서 춤을 추고 놀았다는 선녀바위를 비롯해서, 신선대, 왜구에게 몸을 빼앗기지 않으려고 낭떠러지에서 몸을 날려 죽음을 택했던 절부암 등 이야

산방산

기를 담고 있는 명소가 한두 곳이 아니다.

산방산 8부 능선쯤 되는 곳에 오래된 석굴 하나가 있는데, 이 굴을 삼신굴, 또는 석굴암이라고도 불렀다. 석굴이 서쪽으로 향하고 있어 석양이 질 때면 햇빛이 동굴 안으로 들어 왔다. 경주 토함산 석굴은 동쪽으로 향해 있어 동해의 일출 때 빛이 석굴로 들오는 것과는 반대다.

조선 문종 임금 때 지우라는 스님이 이 좁은 삼신굴에서 도를 닦고 있었다. 낭랑한 목소리로 열심히 불경을 읽고 있는 모습이 얼마나 경건했던지 산방산 동물들이 모두 그 앞에서 아무 소리도 내지 못하고 조용했다. 그러던 어느 날부터 인가 노루 한 마리가 석굴 앞에까지 와서 지우 스님이 불경을 외우고 있는 모습을 물끄러미 쳐다보기 시작

산방산

했다. 그러더니 어느 날부터는 스님의 곁에 와서 고개를 숙이고 눈을 감은 체 함께 기도하는 모습을 보였다.

그게 하루 이틀도 아니고 무려 9년 동안이나 되풀이되었다.

스님과 노루는 서로 말이 통하지 않아도 마음은 서로 통하고 있었다. 어느 해 가을 산방산에는 아름다운 단풍이 석양빛을 받아 붉게 불타고 있었다. 노루는 지우 스님을 찾아와서 함께 기도를 드리고 나서도 떠나가지 않고 토굴의 주위를 빙빙 돌았다. 그 모습을 보고 지우 스님은

"말 못하는 짐승아, 전생에 무슨 인연이 있었기에 9년 동안이나 불경 소리를 듣고 있었느냐? 너는 비록 짐승이라 할지라도 불경을 많이

산방산 부처굴

듣고 법문을 좋아했으니 만일 축생의 몸을 벗어 던진다면 반드시 인도 환생할 것이다."

스님의 말이 끝나자 토굴 주위를 빙빙 돌던 노루는 그 자리에 주저 앉더니 고맙다는 듯 몇 번 고개를 끄덕이고 나서 죽었다. 지우 스님은 정이 들었던 노루를 양지바른 곳에 잘 묻어 주었다. 그리고 그날 밤 꿈에 노란색 옷을 입은 동자가 나타나 공손하게 절하며 하는 말이

"저는 오늘 죽은 노루입니다. 스님의 불경과 법문을 많이 들은 공덕으로 이 산 아랫마을 김처사집 아들로 태어날 곳입니다. 그 증거로 왼쪽 겨드랑이 밑에 노루털로 된 둥근 점이 있을 것입니다. 그것을 보시

면 저라는 것을 아시게 될 것입니다."

아침이 되자 스님은 마을로 내려가 김처사집을 찾았다. 그런데 꿈의 예언대로 집 앞대문에는 아들을 낳았을 때 치는 금줄이 걸려 있었다. 스님은 주인을 찾아가 혹시 태어난 아이의 겨드랑 밑에 노루털로 된 점이 없더냐고 물었다. 이 말은 들은 김처사는 깜짝 놀라면서 스님이 그것을 어찌 아느냐고 되물었다. 지우 스님은 그동안 있었던 일의 자초지중 설명하면서 이 아이의 이름을 '원묘'라고 지어주면서

"이 아이는 부처님과 깊은 인연을 가진 아이라 일곱 살이 되는 해에 나에게 보내 상좌가 되게 해 주십시오." 하고 부탁을 했다.

김처사 부부는 잠시 생각하더니 다 부처님의 은덕으로 인도환생 하였으니 그렇게 하겠다고 약속을 했다.

세월이 지나 원묘의 나이 일곱 살이 되자 지우 스님에게 보내졌다. 원묘는 머리가 영특하여 지우 스님이 가르쳐 주는 불경을 잘 배워 16세에 오계를 받았고, 대승경전을 두루 읽어 나중에 훌륭한 스님이 되었다.

원묘 스님과 산방산

원묘 스님이 산방산(山芳山) 토굴에서 정진하고 있을 때였다. 여는 겨울과는 달리 유달리 추운 어느 겨울밤이었다. 스님의 토굴 앞에 한 여인이 찾아왔다.

"스님, 소녀는 지아비를 찾아 나섰다가 그만 길을 잃고 온 산을 헤

매게 되었습니다. 오늘따라 날씨는 너무 춥고 마을까지 내려가려면 길도 멀고 하니 하룻밤만 여기서 자고 가게 해 주십시오." 여인은 추위에 새파래진 입술을 벌벌 떨면서 말했다.

"보아하니 사정이 딱하오만 보다시피 토굴 속은 좁고 또 기도하는 곳이라 여인을 들일 수가 없습니다." 하고 딱 잘라 거절했다.

"스님이 기도하는 데는 조금도 지장을 주지 않겠습니다. 추위에 몸도 얼어버리고 지쳐 더는 몸을 움직일 수도 없습니다."

"그래도 여기는 여인이 들어올 수 없는 청정한 곳입니다. 사정은 안됐지만 어쩔 수가 없습니다." 스님은 냉정하게 돌아앉더니 염주를 굴리며 눈을 감았다.

"나무아미타불 관세음보살"

여인이 통사정을 했지만 스님은 들은 척도 하지 않고 열심히 불경만 외우고 있었다. 스님은 여인을 절대로 토굴 안에 들여놓지 않겠다는 각오가 엿보였다.

"여보세요, 스님" 여인의 날카로운 소리에 그제야 스님은 여인의 얼굴을 자세히 쳐다봤다. 절세가인, 하늘의 선녀라도 찾아온 듯 정말 예쁘기 그지없는 미인이었다. 스님은 갑자기 흔들리는 마음을 어찌하지 못하고 듯 눈을 감고 다시 '나무아미타불'만 외웠다.

"스님은 부처님의 자비로 인간을 구제할 줄 모르니 불법을 깨우친들 그게 무슨 소용이 있습니까?" 하고 앙칼지게 따지더니 돌아서려고 했다. 그때 원묘 스님은 "아차, 미처 그걸 몰랐구나" 하며 바깥에서 떨고 있는 여인을 토굴 속으로 들어오게 했다. 여인은 산을 헤맨 탓인지 토굴에 들어오자 말자 지쳐 잠이 들었다. 좁은 토굴이라 비스듬하게

누운 여인의 몸과 스님의 몸이 닿았다. 스님도 남자인지라 아름다운 여인의 향기를 맡자 정신이 자꾸만 흐려만 갔다.

원묘 스님에게는 이 밤이 너무나 길었다. 육욕을 벗어나야 한다는 생각으로 열심히 불경을 외웠지만 정신은 더욱 혼란스러웠다. 그때 잠들었던 여인이 배를 움켜쥐고 뒹굴면서

"스님, 갑자기 배가 아픈 것을 보니 아마 해산을 할 것 같습니다. 스님, 제 배를 좀 쓸어 주십시오." 그 말에 스님은 앞이 캄캄했다. 배를 쓸어 달라니, 거기에 아기를 받아야 할 처지니 이제 도를 닦기란 다 글렀다고 생각되었다.

"스님은 사람이 다 죽어 가는데 어찌 관세음보살만 외웁니까? 빨리 나가서 목욕물을 데우고 아기 받을 준비를 하십시오." 스님은 참으로 난감했지만 어쩔 수 없었다. 애초에 여인을 토굴 안으로 들여놓지 않아야 했는데 이미 때는 늦었다. 예쁜 여자에 홀려버린 자신이 원망스러웠다. 이왕 이렇게 된 것, 스님은 목욕물을 데워 함지박에 담아와 아기를 받아 주고 해산밥도 지어 여인에게 주었다. 밥을 먹은 여인은 다시 잠이 들었다.

그러는 사이 먼동이 트고 햇살이 먼 산을 비추고 있었다. 하룻밤에 일어난 일이 마치 천년의 세월이라도 된 듯이 스님도 지쳐 있었다. 이제 도를 닦는 일도 글렀고 부처님 앞에 마지막 예불이나 드리고 떠나야겠다는 생각으로 부처 앞에 기도를 드리는 순간, 부처님의 몸에서 향긋한 향기가 번져 나왔다. 돌아보니 잠들었던 여인은 어느새 오색구름 위에 앉아 있고 아기는 연꽃으로 변해 있었다.

"나는 호명보살이다. 너는 머지않아 보살의 도를 얻을 것이다. 나는

네를 시험해 보았다." 하며 꽃구름을 타고 가면서 꽃비를 뿌렸다.

　산 주위와 마을에 꽃비가 내려더니 온통 꽃마을이 되었다. 석가모니 부처님께서 열반에 드실 때 하늘에서 꽃비가 내리던 모습과도 같았다. 그 후로 이 산을 산방산이라 불렀고 그 아래 마을을 산방마을이라 불렀다.

이
성
보

서불과차(徐市過此)와 인상석

거제엔 예부터 서불에 관한 전설이 구전되고 있다. "진시황의 방사(方士)였던 서불(서불과 서복(徐福)은 동일인이다. 이하 '서복'이라 한다)이 불로초를 구하려 거제 해금강에 왔다가 암벽에 '서불과차(徐市過此)'란 문자를 새겨놓았다"는 것이다.

기원전 221년 오랜 전국시대를 마감하고 중국을 통일한 진시황은 복속된 제후들의 반란, 민심의 동요를 막기 위해 강력한 중앙집권을 실시했다.

법치를 근본으로 했던 진시황은 분서갱유로 대변되는 사상 탄압과 자신이 이룬 제국의 위엄을 과시하기 위해 만리장성 아방궁 등 대공사를 벌였으나 그의 욕망은 영원한 제국을 통지하고 싶은 불로장생이었다.

방사 서복은 절묘한 시대 상황과 진시황의 절대적 권능에 의지해 현

서불과차 안내표지판

시대에도 믿어지지 않을 만큼의 동남동녀 3,000명과 백 가지의 기능과 재능을 가진 2,000여명의 사람들로 구성된 내선단을 이끌고 불로불사의 장생초를 찾기 위한 여정에 나서 한·중·일 3국의 여행지 여기저기에 불로초의 전설과 일화를 남겼다.

특히 한국은 서복이 진시황에게 불로초의 존재를 장담한 삼신산(三神山)이 존재한다고 믿었던 곳으로 내륙과 해안 여러 곳에 서복의 전설을 남기고 있다.

거제도에서의 서복전설도 그중의 하나이다. 거제 해금강은 우리나라 40곳의 명승 중 두 번째로 지정(1911년 3월 23일)된 곳이다.

거제도 해금강의 본래 명칭은 칡섬이라는 갈도(葛島)였다. 풍광이 빼어나 강원도 해금강에 견주어 그 아름다움이 손색이 없다하여 보는

'서불과차' 가 새겨져 있던 암석

이들이 '해금강(海金剛)'이라 부른 데서 연유한다.

이 해금강의 서편 500여 미터에 우제봉(雨際奉)이라 이름하는 암산(岩山)이 있는데 해금강 못지않은 절경이다. 해금강 마을의 곶에 해당하는 우제봉의 절벽 아래에 '서불과차(徐市過此)'라는 글이 새겨져 있었다.

이 문자가 새겨진 부분이 1959년 사하라 태풍 때 떨어져 나갔다. 떨어져 나간 부분은 10~20cm 두께의 현층으로 춘란 지듯이 떨어져 나갔고 30cm가 된다. 떨어져 나간 부분과 기존 암벽의 색깔이 다른 것을 육안으로 판별할 수 있다.

우제봉은 해발 150여 m에 이르지만 문자가 새겨진 곳은 해발 80여 m가 되는 지점으로 깎아 지른 절벽이다. 선편을 이용하여 절벽 아래로 접근하여 보면 아직도 문자의 흔적을 관찰할 수 있다.

현재 알려진 서복 동도와 관련된 유물화는 마애각 5점과 암각 1점이 있어 그 중 명문(銘文)을 낳기 대표적 유물로 갈도 석각과 제주도 서귀포 정방폭포의 마애각, 경남 남해군 금산의 암각이다.

정방폭포의 암벽에 '서불과차' 즉 '서복이 이곳을 지나다' 라는 글이 옛 중국문자의 하나인 '올챙이 문자'로 새겨져 있었다고 하는데 일제 강점기에 정방폭포 위쪽에 들어선 전분공자의 폐수로 인하여 유실되었다고 한다.

남해 암각은 평평한 암반 위에 새겨진 금석문(너비 1×5m)인데 그 내용이 여태껏 수수께끼로 싸여 있으나 현존하는 석각으로 세계적 주목을 받고 있다.

우제봉의 문자는 규모나 크기로 미루어 남해 암각과 비교가 안 될 정도로 웅장하다 하겠다.

이 우제봉을 갈고지 주민들은 '서가람산(西伽藍山)'이라고 칭하고 있는데 '가람'이란 승려가 불도를 닦는 집을 일컫는 말로서 해금강의 절경에 반한 서복이 은둔한 곳이란 전설이 곁들어 있다.

우제봉이란 기우제를 올린 곳으로 이곳에서 기우제를 올리면 영험이 있었다는 촌로들의 전언이다.

또한 해금강 마을에서 정동쪽 즉 해금강의 북단에 커다란 바위섬이 있는데 사자와 흡사하다 하여 사자암이라 칭하고 있다. 해금강과 사자암 사이에 해와 달이 떠오르는 광경은 매우 아름다워 일월관암(日月觀岩)이라 부르기도 한다.

갈고지 마을의 노인들은 이 사자암을 옛적에 굴레섬으로 불렀단다.

'굴레'는 그네의 사투리로 서복이 해금강의 천년송이 있던 암벽과 사자암에 그네를 매어 타고 노닐었다고 해서 굴레섬으로 하였다고 한다. 칡이 많아 갈도라 했던 해금강엔 거제삼란(巨濟三蘭)이라 칭하는 춘란(春蘭), 풍란(風蘭), 석곡(石斛)을 비롯하여 620여 종의 아열대 식물이 자생하는 곳인데 여기서 주목할 식물은 '석곡(石斛)'이다.

석곡은 오늘날 동양란 중 덴드로비움속(Dendrobium屬)으로 분류되고 있으나 금생(擒生), 임란(林蘭) 등으로 불리는 생약으로서의 한약재였다.

석곡은 본초학(本草學)의 고전인 명나라 이시진의 본초강목(本草綱目)에 의하면 '석곡의 맛은 달고 평이하며 무독이다. 주로 중초(中焦)가 상하였을 때와 각기를 없애고 여위고 지친 것을 보하고 음을 강하게 한다. 정력을 증진시켜 주며 신체가 허약한 혈관 진액과 기력이 끊기거나 부족하면 이를 보완하여 준다, 위를 편하게 하고 피부의 나쁜 열과 땀띠, 다리와 무릎이 아프거나 차갑고 각기로 인해 약해지는 것을 쫓아내는데 오래도록 복용할진대 장과 위를 두텁게 하고 해를 거듭하수록 몸이 가벼워지며 마음을 안정시키고 두려움을 없애 준다'고 기록하고 있다.

깊은 산중에서 도를 닦던 승려들이 석곡의 줄기를 햇볕에 말려 차를 마셨다고 전하며 이 차를 마시면 오래 산다고 하여 일본에서는 장생란(長生蘭)으로 부르는데 석곡의 끈질긴 생명력에서 연유되었으리라 짐작된다.

석곡의 자생지였던 해금강엔 풍란과 석곡이 도배하듯 널려 있었으나 지금은 남획으로 멸종 위기에 처해 있다.

또한 해금강에는 예로부터 진귀한 식물들이 자생했다는 전설이 전해지고 있다. 일례로 해금강 절벽에 천 년 묵은 동삼(童參)인 사삼(沙蔘)이 있었는데 천 년이나 된 사삼은 사람으로 변하기도 하고 또는 동물로 변하기도 하는 등 자유자재로 변신했다. '갈곶리 천 년 사삼'이란 전설도 함께 전해지고 있다. 사삼은 바로 더덕이다.

굴레섬에다 그네를 만들어 노닐었을 서복이 진귀한 전설 속의 약재를 찾는 노력을 기울여 어떤 불로장생초를 얻었는지는 알 수 없으나, 장생란으로 불리는 석곡 또한 채집했을 것으로 짐작된다.

갈도석각기

전설은 상당 부분 허구성을 내포하고 있다. 이는 상상과 가공의 요소가 주종으로 이루기 때문이라 하겠다. 전설이 오래도록 전승되는 것을 일정 부분 사실성과 역사성을 반영하고 있기 때문인데 이를 통해 사실(史實)을 방정적으로 때로는 추고적(推考的)으로 조명·확인하게 한다. 역사적 고증을 함에서는 전설은 유물과 더불어 비중 있게 다루어지기도 한다.

전설로만 전해오던 '서불과차(徐市過此)' 마애각에 대한 탁본기록이 발견되어 필자는 '거제도(巨濟島) 갈도(葛島) 마애각(磨崖刻)의 진실(眞實)'이라 제(題)하여 중국과 일본 서복 학술 국제 심포지엄에 수차례 발표한 바 있다.

가오고략(嘉梧藁略)은 조선조 고종 때에 영의정을 지낸 월성(月城) 이

유원 선생의 문집이다. 이 가오고략이 「갈도석각가」가 실려 있음을 거제유배문학을 연구하는 거제출신 고영화(高永和) 선생이 발굴하였다.

이유원 선생의 「갈도석각가」는 1881년 거제도 유배 때 직접 해금강에 배를 타고 가서 탁본한 후에 남긴 시(詩) 작품이다.

「갈도석각가」의 앞 부분은 이렇다.

영남기성현 해상(嶺南 岐城顯 海上) 영남의 기성(거제)현 해상에
유서불과차사자(有徐市過此) '서불과차'라는 4자가 있다 하네.
지여일본접야(地興日本接也) 여기 지역은 일본과 접해있도다
(하략)

「갈도석각가」는 정사(正史)가 아닌 시가(詩歌)지만 영의정을 지낸 이

유원 선생이 손수 탁본한 것을 두고 지은 시로, 해금강 우제봉에 네 글자의 석각이 분명히 있었음을 증명한다. 시에는 당시의 역사적 상황이 생생하게 나와 있어 현존하는 가장 자세하고 신뢰성 있는 기록임이 틀림없다.

거제 해금강에서의 서복전설은 「갈도석가가」로 하여 전설을 넘어 역사적인 사실이 되었다.

이유원 선생은 경주이씨다. 경주이씨는 국난기마다 걸출한 인물을 배출했다. 13~14세기엔 일제 이제현(1287~1367)이란 대문장가를 16~17세기인 백사 이항복(1556~1618)이란 청백리를 300년 후인 항일운동사에 큰 획을 그어 한국판 노블레스 오블리주의 상징이 된 이유승 6형제를 배출했다. 백사의 11세손인 이들은 국난극복에 앞장서 300년마다 가문의 영광을 재현했다.

5개월간의 짧은 유배 기간이 많은 것을 기록한 이유원 선생의 거제 사랑에 찬사와 존경의 념을 바칠 뿐이다. 아울러 「갈도석각가」란 소중한 문헌을 발굴한 고영화 선생께도 고마움을 전한다. 필자는 수년 전 서울대학교 규장각에서 마이크로 필름을 이틀간 뒤져 가오고략 중 「갈도석각가」를 찾아내어 이를 복사해 왔다. 그때의 감격은 어찌다 설명하랴.

인상석(人相石)

나는 석치(石癡)다. 석치는 말 그대로 돌바보다. 시중의 '딸바보'니

하는 말과도 통한다 하겠다.

45년간 돌에 빠진 끝에 인상석이라 이름하는 '돌사람'을 제작하기에 이르렀다. 인상석은 형상석(形象石)의 일종이다. 형상석은 돌의 샘김새가 삼라만상의 온갖 물체 중 그 무엇과 흡사하게 닮은 돌을 말한다. 형상석이 어떤 물체와 너무 똑같으면 재미가 적다. 오히려 엇비슷하게 닮아야 해학적이고 상징적인 멋이 있어 싫증을 느끼지 않고 오래 사랑을 받는다.

사람의 얼굴을 닮은 인상석도 예외가 아니다. 생김새가 사람의 얼굴과 너무 닮으면 가공석으로 의심을 받을 뿐만 아니라 경외심을 갖게 되어 애착이 덜 가게 된다. 좀 덜 떨어져 보이고 순진한 바보상이면 절로 웃음이 나온다.

천진난만한 인상석을 볼 때마다 피카소를 떠올린다. 피카소는 '정밀한 그림을 그리기는 어렵지 않으나 어린아이 그리는 법을 알기 위해 평생을 바쳤다'는 유명한 말을 남겼다.

모르긴 해도 피카소가 1,500여 점의 인상석을 보았다면 무릎을 몇 번은 치지 않았을까 하고 고소를 짓는다.

나는 십수 년에 걸쳐 그야말로 천신만고 끝에 1,500여 점의 인상석을 제작했다. 인상석 1,500여 점의 제작 변은 서복전설에 연유했다. 사연인즉 서복과 함께 동행했던 3,000명의 동남동녀 중 1,500명이 거제의 절경에 반하여 거제에 남았기로 이를 돌사람으로 재현했다는 것이 제작의 변이었다.(동남동녀 3,000명은 사마천의 사기 진시황 본기에 기록된 것이나 거제에 1,500명이 남았다는 얘기는 순전히 필자의 가설이다.)

서복은 전설적인 인물이 아닌 역사적 실존인물로서 동아시아뿐만 아니라 세계적으로 추앙받아야 할 위인이나, 아직 전설적 인물로 알고 있는 사람들이 대부분이다. 특히, 젊은 세대에 더욱 그러하다.

경남의 서복문화와 관련이 있는 곳은 하나같이 천하의 절경이다. 남해금산은 명승 제39호이고 거제 해금강은 명승 제2호이고, 통영 소매물도 또한 남해안의 손꼽히는 절경지이다.

한·중·일 서복학회는 서복 항해지를 유네스코 세계 문화유산으로 등재하기 위하여 노력을 기울이고 있다. 제주도의 서복공원, 남해의 서복공원 조성사업계획 등 고령화 시대에 대비한 그들의 움직임은 그냥 보아 넘길 일이 아니기에 가슴을 졸인다.

천혜의 경관과 더불어 스토리텔링을 통한 거제의 서복문화자원의 활용을 논할 때가 지금이 아닌가 한다. 늦었지만 말이다.

최
대
윤

천년 전 몽돌은 왜 산성으로 갔을까

둔덕기성 북쪽 제단의 여운(餘韻), 의종이 남긴 그리움의 조각

거제도 둔덕 땅에 탯줄을 묻었거나 초등학교·중학교를 둔덕골에서 다닌 기억이 있는 사람이라면, 누구나 한 번쯤 둔덕기성을 올랐을 법하다.

고향을 떠나고 제법 머리가 커진 뒤에도 내 머릿속에 남은 성곽의 이미지는 늘 둔덕기성이곤 했다.

아직도 해마다 몇 번이곤 둔덕기성에 오른다. 이곳에서 가장 경치가 좋은 곳을 소개하면 제단이 있는 성의 북쪽 끝이다. 샛바람이건 하늬바람이건 이곳에서 바람을 맞으며 견내량 앞바다를 바라보면 작은 여운의 조각들이 가슴 한켠에 옹기종기 모이는 듯하다.

둔덕기성엔 오랜 전통이 하나 남아있다. 남몰래 폐위된 님(고려 의

종)을 기리기 위한 백성들이 제사가 섣달 그믐날이면 어김없이 800년 넘게 이어오고 있는 것이다.

1170년 '보현원의 참살'을 시작으로 100여 년 동안 고려 땅은 무신들의 세상으로 변했고, 들끓는 민란과 몽고의 침입 이후 수백 년 동안 이 땅에 '만세'의 외침은 사라지고 '천세'만 남았다.

그리고 24년 동안 고려국의 황제였던 님은 전하도(견내량)를 건너 둔덕 땅에 머물며 숱한 지명과 전설을 남겼다.

비록 권력을 잃은 황제였지만 이곳의 백성들은 님을 추모하기 위해 집권세력인 무신들의 눈을 피해 제사를 지내왔고 그 전통은 800년 동안 이어온 것이다.

아직도 둔덕 사람들은 설 전날 명절제사를 지내고 있는데 이는 고려 때부터 이어온 전통이라고 한다.

님을 위한 제는 1970년대 새마을 운동과 가정의례준칙 등 여러 가지 어려움으로 중단되기도 했지만, 단절된 전통문화를 되살리고 거제에 고려시대 왕이 3년간 거주했다는 역사적 중요성을 이어가기 위해 몇 해 전부터 다시 추모제가 열리고 있다.

둔덕면의 지명 대부분은 님의 둔덕기성 유폐 이후 생겨난 것으로 전해진다. 군사를 나누어 주둔시킨 곳에 상둔과 하둔이란 마을지명이 생겼고 군사들의 식량을 위해 농사지은 곳은 둔전들이라 불렸다.

또 말을 사육했던 곳은 마장마을, 대비를 모셨던 곳은 대비장 안치봉, 주가 손수 물을 길어 마셨다는 공주샘, 복위 실패 후 보물을 숨겨 놓았다는 매주봉(玫珠峰 · 현재 청령정이 있음), 육지와 교역을 한 수역이 있던 술역마을 외에도 거의 모든 둔덕면의 지명들은 님과 관련된 지명

둔덕기성

이고 님 향한 백성들의 그리움이 가득한 유산이다.

산성으로 간 바다 몽돌

둔덕기성의 북쪽 제단에서 님 또한 금빛 맞으며 흐르는 전하도 너머 보이는 북쪽을 하염없이 바라봤을 법하다.

망부석처럼 둔덕기성의 북쪽을 우두커니 지키고 있는 제단 북서쪽 너머엔 전하도가 굽어 보인다. 님이 건넜다고 해서 전하도라 불리는 이 해협을 요즘은 견내량이라 부르는데 석양이 비칠 때면 눈이 시리도록 아름다운 금빛 윤슬을 머무는 곳이다.

제단의 남쪽은 늘 풍성한 곡식이 영글어 군사들의 허기진 배를 채웠을 둔덕의 평야가 마주하고 동서로는 병풍처럼 길게 뻗은 산줄기가 성을 감싸고 있다.

최근 복원이 시작되면서 새로운 역사적 사실들이며 님의 흔적이 되살아나고 있다지만, 님의 슬픈 마지막 이야기가 전해진 탓인지 아직도 둔덕기성은 허전함과 쓸쓸함이 맴도는 듯하다.

성내 건물지의 주춧돌이며 성문, 제단, 우물 등 성 곳곳에 님의 숨결이며 흔적이 남아 있지만, 당시의 온전한 모습을 찾아볼 수 없기 때문인지도 모른다.

더구나 이곳에서 출토된 대부분의 유물은 연구와 보존이라는 이름 아래 모두 제 고향을 떠나 박물관으로, 또는 대학교 연구실 창고의 천덕꾸러기 신세가 됐다.

그나마 둔덕기성에 남아 있는 원형 그대로의 유물이라곤 성을 지키고 성의 주인을 지키기 위해 백성들의 손에 수고로이 운반된 '돌덩이'들이 전부다.

값비싼 물건이 아니었기에 오랜 세월 동안 사람들의 손을 타지 않았고, 발굴과정에서도 크게 중요시하지 않은 탓에 박물관이나 자료 보관실로도 옮겨지지 않은 이 평범하기 짝이 없는 돌덩이들은 '석환(石丸)'이라는 수성용 무기다.

화살촉이나 각종 철제 무기와 달리 가까운 자연에서 얻은 가장 오래된 원시적인 무기인 석환은 둔덕기성 성내 북쪽 정상부에서 수천 개가 발견됐다.

성내 북쪽 재단 아래 가로 4m 이상, 세로 10m 이상의 두 개의 병치된 직사각형의 공간 내에 모여 있는 이 석환은 최근 거제시가 부산대학교 지질환경과에 용역을 의뢰해 고향 찾기에 나섰다.

용역조사 결과 흥미로운 사실도 나왔다. 구형에 가까운 석환의 고향이 둔덕면 인근이 아닌 거제도 남쪽 해안이라는 것이다.

보통 구형에 가까운 돌은 바다나 강가에서 만날 수 있는데 보고서에 따르면 둔덕기성의 석환은 거제도 남동쪽 해안에 위치한 망치, 학동, 여차 해수욕장 등 사빈 및 자갈 해수욕장이 발달 한 곳에서 운반됐을 가능성이 크단다.

이곳의 석환들은 최근 남해군 임진성에서 출토된 석환과 함께 이제까지 발견된 석환군 중 가장 많은 양이 출토된 사례로도 꼽힌다.

둔덕기성의 석환이 둔덕면이 아닌 일운면 망치, 동부면 학동, 남부면 여차 해수욕장 등에서 운반됐다고 추정한 이유는 현재 둔덕면에 몽

석환군 전경

석환군

돌해변이 없기 때문이다.

하지만 거제도 남쪽 해안가에서 이 많은 석환들을 운반했다고 보기엔 이동 거리가 너무 멀다는 생각도 든다.

그래서 혹시 예전에 둔덕면 인근에 몽돌해변이 존재했었는지에 대해 주민들의 기억을 빌렸고, 예전엔 둔덕면 일대에도 몽돌해변이 있었다는 사실을 알 수 있었다.

주민에 따르면 1970년대까지 둔덕면 일대엔 꽤 규모 있는 몽돌해변이 존재했다.

지금은 마을 선착장으로 사용되고 있는 아사마을 선착장이 주민들이 몽돌해변 그곳이다.

이곳에 있던 몽돌은 1970년대 새마을운동과 함께 신작로와 새집을 짓는 건축자재로 쓰였고 그나마 남은 몽돌도 지금 있는 선착장 아래 묻혔다고 한다.

앞서 거제시가 용역조사에서 밝혀진 둔덕기성의 고향 이야기보다는, 둔덕기성과 견내량 물결이 아직 제 속도를 내며 흐르는 어귀인 아사마을 해변이 둔덕기성의 진짜 고향이라는데 훨씬 설득력이 있어 보인다.

님을 지키기 위해 또는 둔덕기성을 지키기 위해 바다에서 산으로 돌덩이를 날라야 했던 선조들이 땀 냄새가 서린 둔덕기성의 석환군은 어쩌면 이제껏 기성에서 발견된 토기편이나 어떤 유물보다 더 소중하고 가치 있는 유물은 아닐까?

문득 둔덕 기성의 석환군은 거제의 대표 캐릭터인 몽돌이와 몽순이와 많이 닮았다는 생각이 든다.

그리고 잘 복원된 둔덕기성의 입구에서 갑주를 입은 몽돌이나 석환을 나르는 몽순이가 방문객들에게 반갑게 맞는 풍경도 머릿속을 스치고 간다.

허
원
영

양지암 상사바위 전설이야기

옥녀봉의 주맥이 굽이쳐 장승포항을 감싸고 능포 앞바다에서 우뚝 서 멈춘 곳 돌출부에 괴이하게 생긴 바위가 하늘 높이 치솟아 있고 천 년 노송이 우거져 있어 태고의 신비를 자아내고 있는데 이 지대를 가리켜 양지암이라 한다.

장승포에서 부산 가는 뱃길을 따라가다 보면 군함같이 생긴 바위가 머리를 쑥 내밀고 그 뒤에 하늘 높이 치솟은 바위가 있는데 이 바위가 바로 상사 바위다.

지금부터 400여 년 전 조선 중기 이상서 라는 한양 사는 양반이 삭탈관직 되어 이곳으로 유배를 왔다. 무남독녀 외동딸 국화를 데리고 몸종 삼돌이와 함께 세 식구가 능포 어구에 초막을 짓고 유배생활을 시작했다. 딸 국화는 어릴 때부터 총명하여 일곱 살에 천자문을 떼고 열다섯 살에 사서삼경(四書三經)을 다 익혔다. 성숙한 국화의 모습은

양지암 상사바위

보름달같이 아름답고 거기다가 경서까지 통달하여 재색을 겸비한 규수가 되었다.

국화를 한번 본 인근 마을 청년들은 남몰래 국화를 사랑하였으나 세도 높은 한양 양반의 딸이니 구애를 하거나 만나는 것은 엄두도 내지 못할 일, 감히 사랑을 하소연할 수 없는 처지였다.

이상서의 몸종인 삼돌이도 은연중에 국화를 사모하게 되었다. 하지만 종의 신분으로 양반집 처녀를 사랑한다는 것은 감히 생각조차 못할 일이다. 이상서는 귀양살이만 풀리길 기다리면서 독서로 세월을 보내고 있었고 국화는 아버지 뒷바라지에 효성을 다했다.

어느덧 이성을 알 수 있는 나이가 되자 국화는 장부의 품속이 그리워졌고 그런 국화를 삼돌이는 몰래 짝사랑하게 되었다. 꿈에도 그런 사실을 모르는 국화는 하루빨리 아버지의 귀양살이가 풀려서 어릴 때 정혼한 김판서의 아들과 혼인할 수 있기만 기대하고 있었다.

삼돌이는 이루지 못할 사랑인 줄 알면서도 국화를 향한 마음이 깊어만 갔고 마음을 끊으려고 하면 할수록 더한 연민의 정이 삼돌이 가슴을 파고들었다. 삼돌이는 종으로 태어난 자신의 처지를 탓하면서 이루지 못할 사랑일 바에야 차라리 저세상으로 가서 이루어야겠다며 식음을 전폐하고 국화만을 애타게 그리워했다.

그러던 어느 날 피골이 상접하여 죽을 날만 기다리고 있는 삼돌이를 가엽게 여긴 국화가 마지막으로 죽 한 그릇을 끓여다 주었다. 오매불망 그리워하던 국화를 본 삼돌이는 반가워 눈물까지 흘리면서 국화가 끓여준 죽 한 그릇을 먹고 상사의 한을 간직한 채 죽고 말았다.

삼돌이가 죽은 후 사흘째 되는 날 밤, 국화는 몸이 이상해서 잠을 깨어 보니 실뱀 한 마리가 국화의 몸을 감고 있었다. 깜짝 놀란 국화와 이상서가 뱀을 떼려고 해도 도저히 떨어지지가 않았다.

이 같은 소문이 온 마을에 퍼지자 많은 사람들이 희귀한 광경을 보려고 모여들었다. "삼돌이의 죽은 영혼이 상사뱀이 되었네. 우찌하몬 좋노." 동리 사람들 마다 수근 거렸다.

지나가던 노승이 이 소식을 듣고 이상서의 집을 찾았다. 노승은 "상사병에 걸려 죽은 삼돌이의 한을 풀어 줘야만 국화 처녀의 몸에서 뱀이 떨어질 것이라"며 "뱀과 처녀를 양지암 절벽 끝 바위에 데려가서 죽은 삼돌이를 위해 지극정성으로 기도하라"고 알려주었다.

상사병에 걸려 죽은 삼돌이를 위해 진심으로 기도를 하자 실뱀이 국화 처녀의 몸에서 스르륵 기어 나와 바위 밑으로 사라졌다. 그때부터 사람들은 그 바위를 상사바위라고 불렀다.

검푸른 바다 위 우뚝 솟은 상사바위!

이루지 못한 젊은 춘정들의 한이 서린 듯 지금도 거친 바람이 불면, 성난 파도가 바위를 휩싸고 포효하는 소리에 간담이 서늘해 지지만, 훈풍이 불면 다정한 연인이 속삭이듯 물보라가 아름다운 멜로디를 연주하는 장승포항 능포 앞바다에 우뚝 솟아있는 상사바위는, 자연 풍광과 어우러져 해상의 절경을 이루고 있다.

아주당 두꺼비전설

아주당(鵝洲堂)은 거제시 아주동과 아양동 사이 산 언덕배기에 있던 당집으로 자신에게 은혜를 베푼 처자의 생명을 구하기 위해 밤새 지네와 싸우다 죽은 두꺼비의 넋을 위로해 주던 곳이다. 당이 있었다 하여 마을 이름도 '당 고갯길'이라는 뜻으로 '당목(堂項)'이라고 불렀고 산 이름도 당등산(堂嶝山)이라 했다.

아주당은 1973년 대우조선해양의 공장 터가 그 자리에 들어서면서 철거하게 되었다. 공사가 한창 진행 중이던 1975년 7월 10일 당등산 해안에서 거북이 2마리가 발견되었다. 한 마리는 폭 90cm에 길이 140cm로 나이는 800~1,000살로 추정됐고 다른 한 마리는 9월 3일 발견 되었지만 얼마 안 돼서 죽어버리자 제사를 성대하게 치르고 옥포정과 제승탑 사이 큰 나무 밑에 안장했다고 한다.

예로부터 당등산과 아주동은 터가 세고 영험한 기운이 서려 있는 곳으로 전해지고 있는데 아주당 두꺼비 전설 또한 아주당에 얽힌 재미난 전설이다.

지금부터 약 1350여 년 전 신라 문무왕 17년(677년)에 상군(裳郡)을 설치하고 아주, 명진, 송변의 삼속현을 두고 다스리고 있었는데 아주현에는 원님이 부임만 하면 며칠을 못 가 죽어 나갔다고 한다. 아무리 건강한 원님이 부임해도 며칠만 지나면 핏기가 사라지고 야위어가다가 밤사이에 죽는 것이었다.

이번에도 새 원님이 부임하였으나 며칠 못 되어 똑같은 변을 당하자 조정에까지 알려지게 되었다. 그러자 모든 사람들이 아주현령으로 부임하기를 두려워하고 기피해서 마을은 원님 없는 날들이 계속되었다.

더는 방치하고 있을 수 없어 마을 어른들이 머리를 맞대어 의논한

대우조선해양이 들어서기 전 아주동 전경

대우조선해양이 들어선 후 아주동 전경

결과 종살이하는 처녀를 남장을 시켜 원님의 방에 하룻밤 묵게 했다. 처녀가 관사에서 자정이 지나도록 밤을 지새우며 앉아있는데 무언가 방 앞으로 오는 소리가 났다.

겁먹은 처녀가 정신을 가다듬고 방문을 열어 보니 예전에 먹이를 찾아 부엌으로 들어오던 두꺼비가 와 있는 것이었다.

마음씨 좋은 처녀는 두꺼비에게 곧잘 먹이를 나눠 주었는데 어느덧 큰 두꺼비가 되어 원님 방으로 처녀를 찾아온 것이었다. 처녀는 반가운 마음에 두꺼비를 방으로 들여놓았다. 시간이 흐르고 자신도 모르게 잠이 들었던 처녀는 이상한 느낌이 들어 퍼뜩 잠이 깼었다가 방안의 광경을 보고 깜짝 놀랐다.

두꺼비는 이미 죽어있고 이상하고 괴괴한 냄새가 방안을 가득 채워 주변을 살펴보니 천장 상량*에 한 자가 넘는 지네가 죽어있는 것이었다. 사연인즉슨 두꺼비가 은혜를 갚기 위하여 처녀를 대신해 지네와 싸우다 지네는 두꺼비 독에 맞아 죽고 두꺼비도 지네 독에 중독되어 죽은 것이다.

다음날 마을사람들이 와 보니 처녀는 살아 있고 지네와 두꺼비가 죽어 있었다. 처녀는 "수백 년 묵은 지네가 동헌 천장 속에 숨어 살면서 새로 부임한 원님의 피를 빨아 먹고 독을 품어 죽였다"고 자초지종을 이야기했다. 또 은혜 갚은 두꺼비는 국사봉 밑 양지바른 곳에 고이 묻어 주었다.

마을 주민들은 지네를 까맣게 볶아서 바다에 버렸는데 그 후로 봄만

* 상량: 기둥에 보를 얹고 그 위에 처마 도리와 중도리를 걸고 마지막으로 마룻대를 올림

되면, 옥포만 아주리 바닷가에는 구름과 안개가 잘 끼고 붉은 물이 곧 잘 밀려들어 온다고 했다. 또 붉은 물이 들 때 갯벌에서 바지락을 캐 먹으면 이상하게도 배가 아프고 설사가 나며 온몸에 열이 끓자 사람들은 독지네의 가루 탓이라고 수군거리며 두려워하기도 했다.

1968년도에는 아주 일대에 알 수 없는 괴질로 많은 환자가 발생했는데 심하면 3~4일 고열로 앓다가 죽기도 해 마을 주민들의 두려움이 더욱 커졌다.

보건사회부 역학조사 결과 병에 걸린 사람들은 모두 바지락조개를 캐 먹은 사람들이었고 원인은 비브리오균 감염으로 밝혀졌다.

이후 1973년 이 갯벌에 대우조선해양이 조성되면서 아주당은 없어지고 두꺼비와 독지네, 마을을 구한 처자의 이야기도 무심한 시간의 흐름 속에 전설로만 남게 되었다.

아주당내에 있던 옥포정자(자료제공 거제시)

거제스토리텔링작가협회 작가 약력

고혜량 거제시 둔덕면 출생. 창신대학 문예창작과 졸업. 『문학청춘』 신인상. 거제문화원 이사, 동랑청마기념사업회 이사, 한국문인협회 회원, 거제문인협회 감사, 거제수필문학회 부회장. 공저 『거제도 섬길 따라 이야기』. 고운 최치운 문학상 수필부분 본상 수상

김무영 한국문협. 한국시협회원. 경남문협 이사. 한국문협거제지부장 역임. 한국생활문학 · 한국바다문학작가상 등. 시집 『그림자 戀書』

김복희 거제시 둔덕면 출생. 창신대 문예창작과 졸업. 계간 『시세계』 신인상. 거제문인협회 회원, 거제시의원, 한국문인협회회원, 거제스토리텔링협회 고문

김영미 거제시 일운면 출생. 경성대학교 영어영문학과 졸업. 2010년 『수필과비평』 등단. 동랑청마기념사업회 이사. 경남문인협회 이사, 거제문인협회 회원, 수필과 비평 작가회 회원. 거제시청 근무. 공저 『길, 거제도로 가다』 『섬길따라 피어난 이야기꽃』 외 다수

김운항 1994년 2월 한맥문학 등단. 거제문인협회 창립회원, 블루시티 거제시 펜션협회 회장, 동랑청마기념사업회 회장 역임. 現 거제문인협회 이사, 경남문인협회 회원, 한국문인협회 회원, 국제 펜 회원, 한국시인협회 회원, 한국예총 거제지회장. 시집 『가실바꾸미의 초상』 『그리움 그리고 사랑』 『섬이 詩라 하네』

김정순 2002년 『한국수필』 등단. 창신대 문예창작과 졸업. 공저 『선으로 그린 시간』 『길, 거제도로 가다』 『섬길 따라 피어난 이야기꽃』 외 다수. 한국문인협회 회원. 한국수필가회 회원. 경남문인협회 회원. 거제문인협회 이사. 동랑 · 청마기념사업회 이사

김정희 거제시문예재단 경영지원부장. 거제문협 부회장. 청마기념사업회 부회장. 새거제신문 시론위원. 한국문협. 경남문협. 경남여류문학회 회원

김철수 1949년 경남 거제 대곡리 출생. 『에세이포레』로 등단. 저서 『바다의 노래』. 현재 동국에너지(주) 고문, 재경 거제향인회 부회장으로 활동.

김현길 1956년 거제시 둔덕면 출생. 창신대 문창과 졸업. 2005년 『시사문단』 시 등단. 2013년 『수필시대』 수필 등단. 2015년 『현대시조』 시조 등단. 한국문인협회 회원. 거제문인협 이사. 거제수필 회원. 거제시문학 회장. 동랑, 청마기념사업회 부회장. 시집 『홍포예찬』 『두고온 정원』

박영순 경북 상주 출생. 부산교육대학교 대학원 상담교육학과 졸업. 『현대시조』 등단. 경남 교원예능 연구대회 2007년, 2010년, 2011년(시조 부문)수상. 한국문인협회 회원. 동랑 · 청마기념사업회 회원. 거제문인협회 회원. 현재 초등학교 교사

반평원 거제 출생. 『문예한국』(수필), 『한맥문학』(시)으로 등단. 거제수필문학회장 역임. 거제예술상 수상. 시집 『새똥』, 수필집 『묵정논』 외

서한숙 부산대학교 국문학과 박사과정 수료. 합포의 얼 전국백일장 입상(1991), 『한국수필』(2002) 신인상. 거제예총공로상(2008), 한국문인협회 공로상(2013). 동국문학인 회원, 거제문화원 이사, 동랑청마기념사업회, 경남문인협회 이사, 한국문협 해양문학연구위원, 새거제신문 칼럼위원. 계간 『문장21』 편집위원, 거제스토리텔링협회 회장, 거제문인협회 회장. 수필집 『사람꽃이 피었습니다』

손영목 경남 거제 출생. 한국일보, 서울신문 신춘문예로 등단. 경향신문 장편소설 당선. 현대문학상, 한국소설문학상, 한국문학상, 채만식문학상을 수상. 한국소설가협회 부이사장, 이사장직무대행 역임.

심인자 1999년 수필과 비평 신인상. 수필과 비평 작가회, 한국문인협회, 계룡수필문학회 회원. 투병문학상, 불광수기공모 수상. 수필집『야누스의 얼굴』『왼손을 위하여』

옥문석 연초면 다공리 출생.『조선문학』등단. 한국문인협회, 한국시인협회 회원. 거경문학회 회장. 칼럼리스트. 시집『분당선전철』

윤원기 1963년 대전 출생. 연세대 법학과 졸업. 1989년 한국수자원공사입사. 거제스토리텔링작가협회 회원, 청송문인협회 회원

윤일광 거제시 하청면 출신.『교육자료』(1981) 동시,『아동문학평론』(1983) 동시,『시조문학』(1984) 시조,『월간문학』(1985) 희곡으로 등단. 동아대학교 국문학과 박사과정 수료. 거제교육청 장학사, 수월초등학교장 역임. 동백문학상, 방통문학상, 대한민국문학상, 효당문학상, 경남아동문학상, 한국동시문학상, 한국신문협회 올해의 기자상(칼럼), 고운 최치원문학상 대상. 저서『꽃신』『구름 속에 비치는 하늘』『윤일광의 달』『세상은 어떤 모양이고』『나무들의 하느님』『나는 행복한 똥말입니다』외 다수. 현재 거제문화예술창작촌 촌장, 거제신문 논설주간('윤일광의 원고지로 보는 세상' 집필),『월간문학』부산·경남동인회 회장, 경남아동문학회 부회장, 문학전문 계간지『문장21』편집고문, 거제스토리텔링작가협회 고문

이성보 거제시 능포 출신. 동아대 정외과, 숭실대학교 대학원 중소기업정책학과 행정학과 졸업. 효당문학상(1996), 거제예술상(2003), 현대시조문학상(2005), 경남예술인상(26회) 수상. 수필집『난, 그 기다림의 미학』, 시조집『바람 한자락 꺾어들고』외 다수. 거제문인협회 고문, 향파기념사업회 이사장. 계간『현대시조』 발행인. 거제자연예술랜드 대표. 거제스토리텔링작가협회 고문

최대윤 둔덕면 출생. 국립구미전자공업고등학교 졸업. 경남대 국어국문학과 졸업. 한국문인협회 회원, 거제문인협회 감사. 고운 최치원 문학상 시부분 신인상 수상. 공저『섬길 따라 피어난 이야기꽃』『거제도 섬길 따라 이야기』. 現 새거제신문 기자

허원영 부산 출생. 거제대학 사회복지학과 졸업.『시사문단』(시)으로 등단. 시낭송가. 동랑 · 청마기념사업회이사. 거제문인협회 회원

현판(45cm×120cm)
서각 · 옥성종(서각예술가)
서체 · 허인수(서예가)

옥성종 대한민국 서각대전 입선, 대한민국 서예대전 입선, 대한민국 서법예술대전 특선, 대한민국 서화교육협회 추천작가, 경상남도 서예대전 특선, 죽지서각연구실 대표, 둔덕중학교 총동창회장, 장춘향 중국요리전문점 대표

허인수 대한민국서예예술대전 초대작가, 대한민국미술대전 초대작가, 경남미술대전 초대작가, 거제서예학회 대표